Widmung

Ich widme dieses Buch unserem afrikanischen Sohn Samuel Foncha.

Samuel besuchte in Bali-Nyonga in Westkamerun - das gebirgige Grasland der Westregion wird oft als die «Schweiz Afrikas» bezeichnet - die Schulen der Basler Mission. Die dortige junge presbyterianische (reformierte) Kirche war eben erst von ihren schweizerischen, deutschen, englisch-schottischen und amerikanischen Mutterkirchen unabhängig geworden. Es wirkten bereits einheimische Pfarrer in dieser Kirche, doch einen eigenen Finanzverwalter hatte sie noch nicht. Die Basler Mission schickte den jungen Samuel deswegen zur Ausbildung nach London. Ich war damals Pfarrer an der Schweizer Kirche in London. Durch Peter Zumbrunnen, ein junges Mitglied der *Swiss Church*, kamen wir mit Samuel in Kontakt. Peter Zumbrunnen wurde als Sohn eines *Fraternal* Ehepaars in Kamerun geboren, für ihn war die Freundschaft mit Samuel die lebendige Verbindung zu seinem Geburtsland. Auf den von ihm angeregten Wunsch der Basler Mission nahmen wir Samuel in unsere Familie auf, so wurde er unser afrikanischer Sohn. Er war der innig geliebte ältere Bruder unserer Kinder. Wenn wir Eltern gemeindemässig unterwegs waren, kochte und ass Samuel mit seinen kleinen Brüdern. Er badete sie, legte sie ins Bett, erzählte ihnen afrikanische Märchen und sang und betete mit ihnen. Er erklärte immer wieder, er sei in seinem ganzen Leben noch nie so geliebt worden wie in unserer Familie. Nachdem wir in die Schweiz zurückgekehrt waren, verbrachte er die Universitätsferien selbstverständlich bei uns. Wir besuchten ihn zusammen mit unseren Buben aber auch in Kamerun, nachdem er dort Finanzverwalter der presbyterianischen Kirche geworden war. Dabei lernten wir auch seine kamerunischen Angehörigen kennen.

In der *Presbyterian Church of Cameroon* waren alle stolz auf den Mann, der Wirtschaft und Finanzen studiert hatte und Englisch,

Französisch, Pidgin und Mungaka sprach. Samuel war verantwortlich für die Löhne der Pfarrer, der Lehrerinnen und Lehrer und der übrigen Angestellten, er war zuständig für die Planung und den Bau von Kirchen und Schulen sowie für den Kauf von Autos und landwirtschaftlichen Geräten. Er verwaltete die Gelder, die von der Basler Mission kamen.

Kamerun ist ein grosses Land und die presbyterianische Kirche weit verbreitet. Samuel sass zusammen mit Schweizer *Fraternal Workers* in einem Flugzeug, als dieses abstürzte. Es gab mehrere Tote, unter ihnen unser Samuel. Das war Schock und Trauer für die presbyterianische Kirche in Kamerun und ein Rückschlag für ihre Unabhängigkeit. Nun musste vorübergehend wieder ein Deutscher oder ein Schweizer von der Basler Mission die Verantwortung für die Finanzen übernehmen.

Für uns persönlich war es die bislang grösste Trauer unserer jungen Familie; unsere Buben fingen selbst nach Wochen immer wieder neu zu weinen an.

Physisch hat Samuel uns zwar verlassen, doch im Geist ist er bei meiner Frau, den erwachsenen Söhnen und mir lebendiger denn je, so etwas wie ein Begleiter aus der Ewigkeit. Für Kameruner ist der Umgang mit den Vollendeten eine Selbstverständlichkeit. Das ist vielleicht von unserem Samuel auf mich übergesprungen. Ich suche den Kontakt mit den Toten nicht, aber ich habe auch keinerlei europäische mentale Blockade, wenn sich Vollendete melden. Und das hat Samuel getan. Für mich ist er der Co-Autor meines Romans. Er ist die einzige Person in diesem Buch, die mit ihrem richtigen Namen und Schicksal im Buch vorkommt. Alle andern Romanpersonen entspringen meiner Fantasie - einer Fantasie allerdings, die sich aus menschlichen Begegnungen nährt.

Dank

Keines meiner Bücher hätte entstehen können ohne zwei Menschen, die ich vor 32 Jahren trauen durfte: Kathrin und Urs Meier-Scheidegger sind zuständig für Lektorat und Layout. Ihnen sei an dieser Stelle herzlich gedankt.

Ich werde auch immer wieder auf die Bilder auf der Titelseite meiner Bücher angesprochen. Die meisten sind das Werk von Sabine Szabo. In Bern können Sie manchmal ganz besonders dekorativ gestaltete Auslagen in den Schaufenstern bewundern, und wenn Sie im Schaufenster eine Frau beim Aufbau der Auslagen entdecken, dann ist es ziemlich sicher Sabine mit ihrer sicheren und kreativen Hand. Auch ihr gehört ein besonderer Dank.

Marcel Dietler

Der Mann mit der blauen Anna

Roman

Bibliografische Information der Deutschen Nationalbibliothek: Die Deutsche Nationalbibliothek verzeichnet diese Publikation in der Deutschen Nationalbibliografie; detaillierte bibliografische Daten sind im Internet über http://dnb.dnb.de abrufbar.

www.marceldietler.ch

Umschlagbild: Sabine Szabo (www.sabine-szabo.ch)

Layout und Lektorat: Urs und Kathrin Meier

Herstellung und Verlag: BoD - Books on Demand, Norderstedt

ISBN: 9783741205033

Inhalt

Die blaue Anna

Es war frühmorgens um fünf Uhr, Anfang März, kalt, dunkel und unfreundlich. Fru Ndinibam weckte seine Anna sanft aus dem Schlaf. Anna war ein Elefant, ein blauer Elefant, fünfunddreissig Tonnen schwer - das Gewicht von sieben Elefanten. Fru konnte seine afrikanischen Wurzeln nicht verleugnen, er verglich immer alles mit Afrika. Die fünfunddreissig Tonnen schwere Anna war ein Tram, das blaue Tram der Linie 6 der bernischen Verkehrsbetriebe. Dass die weltweit bekannte Bezeichnung Tram für Strassenbahn ein deutsches Lehnwort ist, weiss kaum noch jemand. Den Berner Ausdruck «Trämu» für Balken hatte Fru Ndinibam kennengelernt, als er sich zum Tramchauffeur hatte ausbilden lassen. Der ursprünglich auch in Deutschland bekannte Begriff Trämel hatte den Namen der Bahn geprägt, welche auf zwei schmalen Trämeln durch die Städte fuhr. Die schmalen Trämel hiessen jetzt Schienen und die Bahn Tram. Fru sprach recht gut Schweizerdeutsch. Einige Wörter hatte er bereits als Kind kennengelernt. In seiner Heimat, im Grasland Kameruns, war er bei Schweizer Familien ein- und ausgegangen. Seine Muttersprache war aber Mungaka.

Kamerun ist ein Land mit zwei Amtssprachen, im Hauptteil des Landes ist es Französisch, im Westen Englisch. Nach dem ersten Weltkrieg war die ursprünglich deutsche Kolonie aufgeteilt und Mandatsgebiet Frankreichs und Englands geworden. Spuren des deutschen Einflusses waren jedoch selbst in den örtlichen Sprachen noch feststellbar. Fru lächelte. In verschiedenen kamerunischen Sprachen heisst der Hammer, wie von einem Deutschen zackig ausgesprochen, Hamma. In Kamerun gibt es über zweihundert Ortssprachen; die verbindende gemeinsame Sprache ist das Pidgin, eine auf das Nötigste reduzierte künstliche Mischsprache, je nach Gegend oder Land geprägt von den Kolonialsprachen Englisch, Französisch, Spanisch oder Portugiesisch.

Seine Mehrsprachigkeit hatte es dem Kameruner Ndinibam ermöglicht, in der Schweiz den Beruf eines Trampiloten zu erlernen. In seiner neuen Heimat wurde keiner als Tramchauffeur zugelassen, der sich nicht in wenigstens zwei Landessprachen und möglichst auch auf Englisch verständigen konnte.

Das Gewicht seiner blauen Anna beeindruckte Fru immer wieder neu - das Gewicht von sieben Elefanten. Sein Grossvater war den grossen Kühen, wie die Einheimischen die Elefanten nannten, im südlicheren Grasland als Kind noch begegnet. Fru schmunzelte. Er selber hatte Elefanten zum ersten Mal in seinem Leben im zoologischen Garten in Basel gesehen. In seiner alten Heimat hatten sich die grossen Kühe in den weniger besiedelten Norden zurückgezogen.

Die Fahrzeuge der Tramlinie 6 Worb-Fischermätteli via Bahnhof Bern unterschieden sich von den anderen Strassenbahnen durch ihre blaue Farbe und ihre Anna-Eigenschaft: Der Name Anna las sich von vorn und hinten gleich und der blaue Elefant hatte vorn und hinten einen Triebwagen mit Fahrerkabine. Das Anna-Tram fuhr selbst dann vorwärts, wenn es rückwärtsfuhr. Fru brauchte die blaue Anna nicht durch die Wendeschleife zu führen, damit sie die Fahrt nach Bern aufnehmen konnte. Die Schleife wurde lediglich für die roten Tramzüge benötigt, welche nur über einen Triebwagen verfügten. Einige rote Trams verkehrten ebenfalls auf der Linie 6. Die blaue Anna hatte aber den Vorteil, dass sie im Fall einer Demonstration in der Stadt bei verstopften Strassen die Leute beim Casino aussteigen lassen konnte, um ohne zu wenden zurück nach Worb zu fahren; das konnten die roten Trams nicht. Fru beherrschte beide Fahrzeugtypen; er musste bereit sein, sich auch auf anderen Linien einsetzen zu lassen. Da er aber in Worb wohnte, stellte er sich gern der Linie 6 zur Verfügung. Auch an diesem Morgen. In Triebwagen A sitzend, führte er die blaue Anna aus dem Werkhof an den Ausgangsbahnhof Worb. Als er aus Kabine A stieg, um sich zu Kabine B zu begeben, wurde er bereits von einem Grüpplein von Getreuen erwartet. So früh am Morgen waren die Fahrgäste noch nicht zahlreich, und es waren je nach Frühdienst oft dieselben. Man kannte und schätzte sich. Die Früh-Morgen-Gruppe war sozusagen seine Fangemeinschaft.

«Guten Morgen, Herr Ndinibam. Schön, dass Sie heute Dienst haben.» - «Guten Morgen, Frau Kestenbolz, guten Morgen, Herr Wüthrich, Herr Frey, Frau Brunner.» Er warf einen schelmischen Blick auf Frau Kestenbolz. «Da sind wir wieder in unserem gemeinsamen Tram.» - «Es heisst die Tram, nicht das Tram», pflegte Frau Kastenbolz dann jeweils zu sagen, «die Abkürzung von Trambahn.» Lydia Kestenbolz stammte aus Deutschland. Sie arbeitete als Pflegefachfrau im Krankenhaus Siloah, wenige Tramminuten von Worb. «Und in Deutschland würde man mich Schwester Lydia rufen, aber im Krankenhaus Siloah bin ich Pflegefachfrau. Eine kalte, sachliche Bezeichnung.» - «Und hier sagt man nicht Krankenhaus, sondern Spital», nahm Fru ihr das Wort aus dem Mund. «Sehr richtig, Herr Ndinibam», mischte sich Herr Wüthrich ein, «und von Worb bis Muri ist unser Tram eine Bahn.»

Bis Muri verliefen Tram und Strasse getrennt. Das Tram war also eine Bahn und pfiff bei Strassenübergängen als Warnung wie eine Bahn. Ab Muri fuhr die Bahn auf der Strasse, war also ein Tram und benutzte als Warnsignal die Tramklingel.

«Man scheint sich zu kennen hier», meinte eine unbekannte Frau, die soeben zu ihnen getreten war. «Lanz ist mein Name, Gerda Lanz. Ich bin kürzlich aus Zürich zugezogen.» - «Willkommen im Club der Frühaufsteher, Frau Lanz. *Early bird catches the worm.*» Aus dem Kiosk trat Melanie Wyss mit einem Tablett frischen Kaffees. Sie hatte die englische Redewendung mitbekommen. «Mein Wurm für die *early birds* geht aufs Haus, weil heute mein Geburtstag ist.» - «O, danke, Frau Wyss, das ist sehr freundlich. Ihr Geburtstags-*early-bird*-Kaffee wird uns wärmen.» Die Frühaufsteher begannen zu singen: «*Happy birthday to you, happy birthday, dear Melanie Wyss, happy birthday to you.*» - «Wie kann man am frühen Morgen bloss so singen», meinte Herr Reichen grämlich, nippte aber dankbar an seinem Kaffeebecher.

Fru gab Frau Wyss den leeren Pappbecher zurück und stieg in die Fahrerkabine B. Keuchend kam Frau Bächtold angerannt, wie immer äusserst knapp, doch sie hatte es auch diesmal gerade noch geschafft. Auf den *Early-bird*-Kaffee musste sie freilich verzichten.

Es war fünf Uhr zwanzig. Fru setzte die blaue Anna in Bewegung. Er liebte seine frühen Fahrgäste aus Worb. Sie hatten ihn von allem Anfang an «Herr Ndinibam» genannt, nicht einfach den «schwarzen Tramchauffeur». Die im Lauf des Tages zahlreichen anonymen Fahrgäste hatten keinen Grund, die Trampiloten mit Namen zu kennen oder gar zu grüssen. Oft wussten sie nicht einmal, ob ein Mann oder eine Frau sie in die Stadt fuhr. Fru allerdings fiel auf. Von ihm sagten sie: «Wir sind heute mit dem schwarzen Tramchauffeur gefahren.»

Fru wäre lieber ein ganz gewöhnlicher, unauffälliger Schweizer Trampilot gewesen, schliesslich war er ja sozusagen ein Schweizer, jedenfalls ein künftiger Schweizer, mit Aussicht auf erleichterte

Einbürgerung dank Heirat. Doch schon seit seiner frühesten Kindheit hatte er sich als eine Art Schweizer gefühlt. Und er war nicht der einzige Afrikaner mit helvetischen Ambitionen. Es gab auf dem afrikanischen Kontinent Menschen, die sich als afrikanische Schweizer bezeichneten, zwar mit einem Augenzwinkern, aber doch nicht ohne einen gewissen Ernst. Sie waren arbeitsam, zuverlässig, sogar pünktlich - wenn auch pünktlich im afrikanischen Sinn. Sie fühlten sich als Kinder von Schweizern, weil ihre geistlichen Väter und Mütter Schweizerinnen und Schweizer waren. Der erste Präsident Ghanas, Kwame Nkrumah, der 1972 starb, hatte einmal eine Schweizer Delegation verblüfft mit der Bemerkung, was Ghana als Staat geworden sei, verdanke es England und der Schweiz. Mit der Schweiz meinte er ganz eindeutig die Basler Mission mit ihrer weltweiten *Union Trading Company UTC.* Die Schweizer und die Deutschen, die für die Basler Mission in vielen Ländern tätig waren, wollten nicht eigentlich Kaufleute sein, doch für ihre Schulen und Spitäler brauchten sie Baumaterialien, Werkzeug und Schulmaterial aus der Schweiz. Und so entstand durch ihre Tätigkeit die *Führende schweizerische Handlungsgesellschaft*, gegründet 1859 als Missions-Handlungs-Gesellschaft. Bis 1917 lag die Geschäftsleitung bei der Basler Mission. Die Basler Mission lieferte Palmöl, Kakao und Baumwolle in die Schweiz. In Afrika und Asien gründete sie Webereien, Ziegeleien und Warenhäuser, erneuerte das Farmwesen, handelte mit Autos und Landwirtschaftsmaschinen und schuf damit Arbeitsplätze sowohl für die zum christlichen Glauben Übergetretenen als auch für Angehörige anderer Religionen.

Die heutigen Mitarbeiterinnen und Mitarbeiter aus der Schweiz werden nicht mehr Missionare genannt. Sie sind *Fraternal Workers* in eigenständig gewordenen Kirchen mit afrikanischen Pfarrern und Professoren. Die Tochterkirchen der Basler Mission haben sich mit Tochterkirchen schottischen und amerikanischen Ursprungs zur presbyterianischen Kirche zusammengeschlossen. Die schottischen und amerikanischen Presbyterianer ihrerseits führen ihren Ursprung auf die Schweiz zurück, auf die calvinistisch-zwinglianische Reformation. Frauen und Männer aus der Schweiz haben nicht nur Ghana geprägt; Schweizerinnen und Schweizer sind auch die geistlichen Väter und Mütter vieler Christen in Kamerun, sowohl im östlichen französischen als auch im westlichen englischen Teil. Die Zweisprachigkeit seines Landes machte Fru erst recht zu einem afrikanischen Schweizer. Er war ein arbeitsamer, tüchtiger und sehr pünktlicher Mitarbeiter der Berner Verkehrsbetriebe.

Worb mit seinem Tramdepot und dem Werkhof, seinen Wohnhäusern, den Einkaufsläden, dem Schloss und der Kirche lag bereits hinter der Fahrgemeinschaft. Fru winkte einem Bauern zu, der in der Dunkelheit unterwegs zum Stall war. Das Tram setzte zur Steigung nach der Station Langenloh an. Der Trampilot drehte sich kurz zu seinen Mitreisenden um. Frau Kestenbolz war eingenickt, Herr Wüthrich liess seine Finger elegant über das Smartphone hüpfen, Herr Tschanz vergewisserte sich, dass niemand ihn beobachtete, und bohrte kurz in der Nase.

Die wenigsten Fahrgäste verhielten sich Fru gegenüber so vertraulich wie die Worbleute der frühen Morgenstunden. In den Augen vieler Schweizer Mitreisender las er die Frage: «Mensch, können wir dir wirklich unser Leben anvertrauen? Ein Trampilot im Stadtverkehr hat eine andere Verantwortung als irgend so ein Schwarzer, der in der Migros oder bei Coop die Regale auffüllt.» Die ausländischen Mitreisenden dagegen, vor allem die

Asylsuchenden, schienen eher zu fragen: «Kann man es in diesem Land tatsächlich so weit bringen, wie es bei dir der Fall ist?» Für die Asylsuchenden waren Vorurteile und rassistische Ablehnung eine tägliche Erfahrung, in der Regel waren es gedankenlose Aussprüche, meist harmlos und friedlich, oft aber auch verlogen und gemein. Man konnte einem eine Wohnung suchenden Ausländer dunkler Hautfarbe freundlich sagen, die Wohnung sei bereits vergeben, auch wenn sich in Wirklichkeit noch niemand gemeldet hatte. Fru hätte sich in seiner alten Heimat nie vorstellen können, dass er eines Tages ausgerechnet in der Schweiz unter rassistischen Vorurteilen leiden würde.

Das Tram verlor bei der Steigung an Schwung. Der Trampilot wechselte den Gang. Er drückte auf den Mitteilungsknopf. «Langenloh», verkündete die Automatenfrauenstimme.

Das Negerli! Fru war dem Spende-Negerli im Missionshaus-Museum Basel begegnet. Man hatte ihm erzählt, dass eine Sonntagschulklasse ohne Negerli vor fünfzig Jahren undenkbar gewesen wäre. Am Schluss der damaligen Kindergottesdienste pflegten die Kinder das mitgebrachte Zwanzigrappenstück in den kleinen Kasten zu stecken, worauf das Negerli dankbar mit dem Kopf wackelte. Das Negerli war Ausdruck einer leider etwas mehrschichtigen Selbstlosigkeit der ersten Missionare. Glaube, Liebe und europäische Überheblichkeit gingen Hand in Hand. In einer Hingabe, welche nur das Feuer echten Glaubens auslösen konnte, waren die Missionarinnen und Missionare nach Afrika gekommen. Sie hatten in Kauf genommen, von Krankheiten heimgesucht zu werden, für welche europäische Körper nicht immun waren. Auch Afrikaner starben an diesen Krankheiten, doch hatten Einheimische, die seit Generationen damit gelebt hatten, oft eine Überlebenschance, Europäer dagegen nie. Einen

Gelbfieberimpfstoff gab es noch nicht. Für jeden an Gelbfieber Gestorbenen beauftragten die Klöster und Missionshäuser einen neuen Mann oder eine neue Frau mit dessen bzw. deren Aufgabe, und auch die Neuen rechneten mit der Möglichkeit eines baldigen Todes. Starb ein Ehepartner, sandte die Basler Mission eine dem Witwer noch unbekannte Gattin bzw. einer Witwe gewordenen Missionarin einen neuen Gatten. Solche Opferbereitschaft findet man ausserhalb eines eindrücklichen Glaubens kaum. Das öffnete den Afrikanern die Herzen. Doch die andere Seite dieser Opferbereitschaft und Selbstlosigkeit war die Überheblichkeit. Die primitiven afrikanischen Wilden mussten zivilisiert und domestiziert werden. Bei ihnen gab es nichts zu lernen, sie hatten dankbar mit dem Kopf zu nicken wie das Negerli in der Sonntagschule. Bei der Besichtigung des Museumsstücks war Fru zutiefst erschüttert gewesen; er hätte weinen können. An diesem Morgen im Tram musste er bei der Erinnerung an das kopfnickende Sonntagschul-Negerli hingegen laut lachen. Die Frühmorgen-Fahrgäste aus Worb drehten sich neugierig zur Chauffeurkabine. Fru hatte vergessen, das Mikrophon auszuschalten. «Tut mir leid, liebe Fahrgäste aus Worb, mir ist gerade etwas Komisches in den Sinn gekommen.» Jetzt lachten auch die Passagiere. «Erzählen, erzählen!» - «Versprochen. Ich habe morgen wieder Frühdienst. Wer spendet zu meiner Erzählung den Kaffee?» - «Das mache ich gern», meldete sich Frau Kestenbolz in ihrem eleganten Hochdeutsch.

Die blaue Anna hatte Langenloh erreicht und hielt an. Fru wusste, jetzt würde die Intimität ein Ende haben. An dieser Haltestelle stiegen die ersten «anonymen» Fahrgäste ein, grusslos, gewöhnliche Passagiere eben, Benutzer der bernischen Verkehrsbetriebe. Fru versicherte sich, dass kein weiterer Passagier angerannt kam. Er schloss die Türen und liess die blaue Anna weiterfahren. Es war immer noch dunkel. Der Frühling hatte sich noch nicht durchgesetzt. Bei der Station Rüfenacht tauchten sie in eine Nebelwand. Das war die Fernwirkung der Aare. *«Und aus den Wiesen steiget der weisse Nebel wunderbar»*, erinnerte sich der Trampilot an das Abendlied von Matthias Claudius. Die Aare war zwar noch weit entfernt, doch ihr Nebel machte sich bis Rüfenacht bemerkbar. Fru öffnete das Kabinenfenster und nahm fast verliebt die Nebelluft in sich auf. Berner haben zur Aare eine geradezu erotische Beziehung. An Solothurn und Olten gleitet die Aare leidenschaftslos vorbei, Bern dagegen umschlingt sie kosend mit innigen Umarmungen. Im Sommer blickt sie die Wandernden und Schwimmenden mit tiefblauen oder auch smaragdgrünen Augen verführerisch an, im Winter sind ihre Augen schwarz. Ihr Rauschen ist ein Raunen von Liebesgedichten. Wer beim Schwimmen in das Innere der Aare taucht, kann hören, wie sie selbst die Steine auf dem Grund zum Singen bringt. Bern und die Aare bilden eine unauflösbare Gemeinschaft. Wo ausser in Bern ist es möglich, in einem Fluss mitten durch die Stadt zu schwimmen? Berner kennen die Stellen, wo die Aare Schwimmende in die Tiefe zieht. Echte Berner weichen diesen Stellen nicht aus, sondern schwimmen bewusst in den Wirbel hinein. Fru war ein echter Aareerotiker. Unter den bewundernden Blicken weisser Mitschwimmer liess er sich mit Vergnügen in die Tiefe schlingen, um Sekunden später prustend wieder aufzutauchen. Wie andere echte Berner liess auch er sich im Gummiboot von Thun nach Bern tragen. Die Aare ist allerdings eine übermütige Geliebte: Bei der Brücke Uttigen versucht sie ständig, ihre Liebhaber neckisch aus dem Boot zu werfen. Die Aare ist aber auch eine Mystikerin. Im Herbst und im Winter hüllt sie selbst Gegenden, die weit von ihr entfernt sind, in einen geheimnisvollen Nebel. An dem Morgen, als Fru mit der blauen Anna unterwegs war, lag die Haltestelle Rüfenacht unter dem mystischen Aareschleier. Die neuen Fahrgäste stiegen um genau fünf 5 Uhr 27 mit feierlichen Gesichtern zu. Der Trampilot wusste aus Erfahrung, dass der mystische Nebel immer dichter wurde, je näher sie der Aare kamen. Um 5 Uhr 28 stieg Frau Kestenbolz in Gümligen Siloah aus. Siloah war ein biblischer Name, am Teich Siloah hatte Jesus einen Blinden geheilt. Siloah Gümligen war ursprünglich von gläubigen Christen als Augenklinik gegründet worden. Von den damals pflegenden Diakonissen waren einige immer noch am Leben, wohnten aber nicht mehr dort. Siloah ist heute ein eigentliches Krankenhaus. Frau Kestenbolz hatte Frühdienst. Sie klopfte vertraulich ans Kabinenfenster, mit einem Kopfnicken und einer Hand-zum-Mund-Bewegung erinnerte sie an das Versprechen für den Kaffee vom nächsten Morgen und verschwand im Nebel.

Fru wusste, dass es hinter der Siloah-Haltestelle zum Gümligenberg hinaufging. Zu sehen war dieser allerdings nicht, der Nebel hatte ihn verschlungen. Doch der Gümligenberg weckte in ihm die Erinnerung an eines der ersten schweizerdeutschen Lieder, die ihm Schweizer Kinder in seiner Heimat beigebracht hatten: *Ramseiers wei ga grase dert hingerem Gümligebärg.* Er war damals selbst noch ein Kind gewesen. Zuerst hatten ihm seine kleinen Schweizer Freunde ein Kindergebet vorgesungen: *I ghöre-n-es Glöggli, das lütet so nätt, der Tag isch vergange, jitz gah-n-i ids Bett. Im Bett tue-n-i bätte u schlafe de y, der lieb Gott im Himel wird wohl by mer sy.* Er hatte angenommen, auch das zweite Lied sei ein Gebet. So hatte er sich angewöhnt, zuhause nebst seinen freien Mungaka-Gebeten auf Schweizerdeutsch *Ramseiers wei ga grase* zu singen. Als er im Alter von fünfundzwanzig Jahren in die Schweiz kam, erkundigte er sich als erstes nach einer Gebetsgruppe. Derart fröhliche Schweizer Beterinnen und Beter hatte er seither nie mehr erlebt. Die Leute in der Gebetsversammlung konnten sich vor Lachen fast nicht erholen, als er stolz sein schweizerdeutsches Ramseiers-hinter-dem-Gümligenberg-Gebet sang. Er kicherte vergnügt vor sich hin. Mittlerweile wohnte er in der Nähe des Gümligenbergs und hatte soeben am Fuss desselben Frau Kestenbolz verabschiedet und einige nachtdienstmüde Krankenschwestern in sein blaues Tram aufgenommen.

Die blaue Anna stand immer noch an der «Gebetsberg-Haltestelle». Die Tramspur war eingleisig, in Gümligen Siloah musste er das Gegentram abwarten. Diesmal ganze drei Minuten lang. Als dieses aus dem Nebel auftauchte, winkten sich beide Fahrer zu. Es war ungeschriebenes Gesetz, dass die Chauffeure sämtlicher Trams einander mit Handzeichen begrüssten, dieselben Chauffeure oft mehrmals am Tag. Das Winken bedeutete: Bei mir ist alles in Ordnung. Es konnte durchaus vorkommen, dass Trampiloten einander zu Hilfe eilen mussten. Fru hatte es noch nie erlebt, doch von anderen Tramkollegen wusste er, dass sie von randalierenden Passagieren oder verantwortungslosen Strassenbenützern angegriffen worden waren. Auch an Frus Tram hatte sich ein waghalsiger, allzu eiliger Autofahrer einmal einen Blechschaden zugezogen. Doch der fehlbare Autofahrer hatte seinen Fehler zugegeben und die Sache hatte ohne Inanspruchnahme der Polizei in Ordnung gebracht werden können.

Um 5 Uhr 31 setzte sich die blaue Anna in Bewegung, und bereits eine Minute später hielt sie in Gümligen Hofgut wieder an. Um 5 Uhr 33 erreichte sie die wichtige Haltestelle Gümligen Bahnhof mit zahlreichen Zusteigern.

Wo war er mit seinen Gedanken über seine weissen Schweizer Mitbürgerinnen und Mitbürger stehengeblieben? Ach ja, die schweizerische Mischung aus Überheblichkeit und Bescheidenheit. Die Schweizerinnen und Schweizer, die er kannte, hatten nicht die leiseste Ahnung davon, was die Missionare alles geleistet hatten und noch leisteten. Die meisten seiner Schweizer Freunde rümpften über Missionare die Nase. Für sie war Mission nicht nur nichts Notwendiges, sondern geradezu etwas Verderbliches - religiöser Kolonialismus.

Die blaue Anna war bei der Station Melchenbühl angelangt. Beinahe hätte Fru im Nebel den Rollstuhlfahrer, der mitzufahren wünschte, nicht entdeckt. Zu anderen Tageszeiten hatte er ihn schon oft mitgenommen und sich deshalb angewöhnt, nach ihm Ausschau zu halten, so früh am Morgen war der Behinderte allerdings noch nie unterwegs gewesen. Fru tat, was bei Rollstuhlbenützern zu tun war: Er stieg aus, klappte bei der Türe die Klappe herunter, sodass der Rollstuhlfahrer hineinfahren konnte. Als er vor dem Rollstuhl stand, nahm er wahr, dass er gar nicht den ihm vertrauten Rollstuhlfahrer vor sich hatte, sondern eine junge Frau, eine schöne noch dazu. Die übrigen anonymen Passagiere benahmen sich bei ihr genau so auffällig unauffällig wie bei ihm als dunkelhäutigem Tramchauffeur. Sie taten, als ob sie nicht starren würden. In ihren Augen war jedoch zu lesen: «Arme junge Frau - und was haben wir denn da für einen schwarzen Trampiloten?» Fru schaute seinen Fahrgästen herausfordernd mitten ins Gesicht und kehrte dann wieder in die Fahrerkabine zurück.

Bei der Haltestelle Seidenberg stiegen mehrere Personen zu, unter ihnen zwei Afrikaner. Fünfhundert Meter später warf Fru vergeblich einen Blick nach dem Schloss Muri, der Nebel hatte es unsichtbar gemacht. Doch Fru wusste genau, wo er sich befand, es hiess aufpassen. Er verlangsamte die Fahrt, denn nach dem Schloss gab es nicht nur eine scharfe Kurve, sondern hier erfolgte auch der Übergang in den Strassenverkehr. Heftig betätigte er die Klingel. Wenn er schon wenig sah, mussten der Trampilot und die Autofahrer einander wenigstens hören können. Um 5 Uhr 35 liess Fru bei der Station Muri weitere Fahrgäste einsteigen. Die ursprünglich kleine Schar von Mitfahrenden hatte sich vergrössert, doch es waren immer noch genügend Sitzplätze vorhanden. Ab Muri mussten sich Tram und Autos die Strasse teilen. Im Nebel war höchste Vorsicht geboten. Im Gegenverkehr leuchteten Fru die Lichter der immer zahlreicher werdenden Autos entgegen. Die kleinen roten Lichter gehörten zu den Autos, welche vor dem Tram in dieselbe Richtung fuhren.

Bei der Station Egghölzli vereinigte sich die Linie 6 mit der Line 8, bei der Haltestelle Brunnadern kamen noch die Strassenbahnen der Linie 7 dazu. Trotz Nebel stellte Fru fest, dass an dieser Haltestelle vor allem dunkelhäutige Frauen und Männer zustiegen. Wie es diesen wohl gehen mochte bei Kälte und Nebel? Kälte war ihm selbst zwar nicht unbekannt gewesen. In der Höhe des kamerunischen Graslandes konnte es nachts kühl werden, auch tagsüber war es bedeutend weniger heiss als anderswo - sehr angenehm für Schweizer. Deshalb hatten die Basler Missionare die Einladung der Grasland-Fons, ihre Tätigkeit in die Königreiche Bamenda, Bali-Nyonga und Bafut zu verlegen, gerne angenommen.

Fru konnte zornig werden, wenn Europäer den Fon Häuptling nannten. Seine Majestät Charles III. wurde ja auch nicht als Häuptling von Grossbritannien bezeichnet. Und selbst in der demokratischen Schweiz erzählte man den Kindern Märchen von

Königen, Königinnen und Prinzessinnen und nicht von Häuptlingen oder Präsidenten. Könige und Königinnen, das sprach die Herzen an. Offiziell waren die Fons der Zentralregierung unterstellt, aber als Könige der Herzen genossen sie grosses Ansehen. Es wäre für die Zentralregierung verheerend gewesen, an den Fons vorbeizuregieren. - Fru seufzte. Genau das hatte die Regierung in Duala jedoch versucht, und darum war er jetzt in der Schweiz. Der Fon verkörperte die Seele der Bewohner des Königreichs. Seelen starben nicht. Der Tod des Königs wurde nicht als Tod gesehen. Der leibliche Tod des Königs wurde kaum zur Kenntnis genommen, sein Nachfolger wurde mit einem grossen Fest als neue Verkörperung des Fon begrüsst. Der König war ein geliebter weiser Mann, dessen Rat das Leben seiner Leute prägte. Als im neunzehnten Jahrhundert die Afrikaner mit Missionaren in Berührung kamen und durch diese die Europäer nicht nur als ausbeutende Kolonialherren erlebten, waren sie begeistert, im Messias der Christen einen König kennenzulernen, der ebenfalls nicht sterben konnte. Bei diesem König wurde sogar die Stammesbegrenzung gesprengt, bei ihm gehörte man zu einem grösseren Ganzen. Der eigene traditionelle animistische Glaube war sozusagen eine Vorbereitung auf den grossen Anderen gewesen. Es waren die afrikanischen Könige, welche die weissen Missionare mit ihrem unsterblichen Christus in ihre Königreiche holten. Stammeskriege wurden beendet, die Fons waren jetzt Unterkönige eines gemeinsamen Oberkönigs.

Die Verbindung zwischen Kamerun und der Schweiz war immer sehr stark gewesen. Deswegen war Fru Ndinibam auch nicht irgendwohin, sondern in die Schweiz geflüchtet, und darum führte er an diesem Märzmorgen die blaue Anna mit sicherer Hand durch den Aarenebel. Fru liebte den Nebelkuss der Aare, der die Häuser verschwinden liess. Seine Augen waren mit äusserster Aufmerksamkeit auf jede Bewegung auf der Strasse ausgerichtet. Vor neuralgischen Stellen liess er die Trambahn eindringlich klingeln, bereit, bei der geringsten Gefahr sofort die Bremsen zu betätigen. Mit seinen Gedanken jedoch war er anderswo. Er war ein zwölfjähriger Junge und nahm am Weihnachtsfest im heimatlichen Königreich Bali-Nyonga teil. Am Morgen fand der Weihnachtsgottesdienst in der grossen presbyterianischen Kirche mit über tausend Teilnehmern statt, unter ihnen sein geliebter Fon mit seinem muslimischem Sultan-Freund (die Sultane waren die Könige im muslimischen Norden). Frus Vater und Mütter - die vier Frauen seines Vaters waren alle seine Mütter - hatten als Polygamisten nicht Mitglied der Kirche werden können, sie nahmen jedoch regelmässig an den Gottesdiensten teil und liessen jedes neue Kind, das ihnen geboren wurde, taufen. Fru musste lachen: Im Weihnachtsgottesdienst lag in der Krippe eine Puppe mit blonden Haaren und blauen Augen. Offenbar war keine schwarze Puppe aufzutreiben gewesen. Fru hätte lieber ein richtiges Kind in der Krippe gesehen, ein schwarzes. Da König Jesus ein unsterblicher Fon war, der sich immer wieder neu verkörperte, konnte er genauso gut schwarz, weiss oder braun sein. Vor zweitausend Jahren war er wohl eher braun gewesen.

Stopp! Fru wurde aus seinen Gedanken gerissen. Klingel, Klingel! Dieser verrückte Autofahrer! Der Trampilot hatte gut aufgepasst. Die brüske Bremsung hatte die Passagiere ziemlich durcheinandergeschüttelt. Die Frühmorgen-Worber und –Worberinnen applaudierten. Die anderen Fahrgäste staunten über den Applausdank, blickten unsicher um sich, zögerten, klatschten dann aber fröhlich mit. Sie hoben ihre Smartphones auf, die zu Boden gefallen waren. Fru freute sich über den Applaus.

Dieser blöde ausländische Autofahrer! - Der schwarze Tramchauffeur hatte sich gerade gut schweizerisch über einen Ausländer geärgert. Dabei war der Autofahrer wahrscheinlich ein Berner. Jedenfalls ein Mann; dessen war sich Fru ganz sicher.

Die Fahrgäste steckten die Köpfe zusammen: «Der Fahrer, der so gut reagiert hat, ist ein schwarzer Tramchauffeur!» - «Was Sie nicht sagen!» - «Und noch Schweizer dazu!» - «Tatsächlich?» - «Ja, das gibt es heute!» Andere liessen sich nicht aus der Ruhe bringen; sie fuhren mit ihren Fingern über die Smartphones, als ob nichts geschehen wäre.

Mit seinen inneren Augen und Ohren nahm Fru die Reaktionen der Fahrgäste wahr. Er selber war wieder abgetaucht in sein kamerunisches Weihnachtsfest, diesmal in den folkloristischen Teil am Nachmittag. Auf Mungaka hiess dieser Teil Leila. Als folkloristisch erklärten die Einheimischen ihr Leila, weil dieser Ausdruck die weissen *Fraternal Workers* beruhigte. Bei den ersten Mitarbeitern der Mission im neunzehnten Jahrhundert hatten der Leilatanz und -Gesang als abscheulicher dämonischer Akt gegolten. Unter der Bezeichnung Folklore dagegen bereitete Leila späteren schweizerischen und deutschen Mitarbeitern keinerlei geistliche Schmerzen. Im Wallis und in der Innerschweiz wurde der Winter schliesslich auch von dramatisch aussehenden Menschen in unheimlichen Masken mit lärmenden Treicheln ausgetrieben.

Weihnachten und Leila waren nicht direkt miteinander verbunden, wurden jedoch in derselben Jahreszeit gefeiert. Ausnahmsweise fielen beide Feste manchmal auf denselben Tag. Das war gerade der Fall, als Fru zwölf Jahre alt war. Dieses Fest war dem Trampiloten besonders lebendig in Erinnerung geblieben, weil hoher Besuch gekommen war. Die beiden Könige, der Fon und der Sultan, sassen in wallenden Prachtsgewändern und gekrönt mit Hauptkranz würdig auf Thronen und nahmen die Huldigungen der Bevölkerung entgegen. Männer, mit Tierfellen leicht bekleidet und mit grimmigen Masken vor den Gesichtern, tanzten und stampften zu Melodien, die aus fernen Jahrtausenden stammten und immer weiter tradiert worden waren. Ebenso traditionell waren die Musikinstrumente. Djembes aus ausgehöhlten Baumstämmen mit Fell überzogen waren die Trommeln. Ihr Dröhnen vermischte sich mit Balafon, Kora-Harfen und Mbira, Zupfinstrumenten und Blashörnern. Hunderte von Frauen, Männern und Kindern bewegten sich hingebungsvoll im Takt, die Frauen Trillerrufe ausstossend. Selbst ganz kleine Kinder schwangen rhythmisch ihre Popöchen. Neugeborene, in bunten Tüchern hautnah am Rücken der Mutter, sogen Rhythmus und Religion gleichsam mit dem Mutterschwung ein. Die ganze Natur schien mitzutanzen und mitzubeten. Die Bäume bebten, an Pflöcke gebundene Ziegen meckerten, kleine dunkle Schweinchen rannten zwischen den Tanzenden hindurch, Hühner flatterten, Hähne krähten und einem Schaf wurde zeremoniell die Halsschlagader durchgeschnitten. Fru, der bereits gelernt hatte, die Sprache der Trommeln zu verstehen, wusste, dass die Ahnen, die ja nicht einfach tot waren, sondern in anderer Form weiterlebten, um Rat gefragt wurden und Antwort gaben. Sie waren nicht nur zu hören, sondern durch Masken und Skulpturen auch zu sehen. Die Skulpturen standen neben den Königen und nahmen wie diese an der Huldigung teil. Die Ahnen genossen in der feiernden Mahlgemeinschaft herrliche Fleischstücke des geschlachteten Lammes. «Dämonenopfer», hatten die ersten Missionare bei der Schlachtung und dem Verzehr des Lammes entsetzt gerufen. «Aha», hatten dagegen die Afrikaner gejubelt, als sie in das christliche Abendmahl eingeführt wurden, «den Verzehr des Lammes Gottes kennen wir ja schon seit Jahrhunderten!» Leila war das Fest der sichtbaren Welt mit der unsichtbaren Welt, der Tanz der im Körper lebenden Menschen mit den Ahnen und der ganzen Natur. Für Afrikaner war die ganze Natur beseelt, jeder Stein voller Leben.

Dass mit dem Leilaritual die ganze Schöpfung berührt wurde, hatte Fru selbst in Europa feststellen können. Er hatte mit dem Handy, das ihm seine Schweizer Klavierlehrerin geschenkt hatte, Musik, Gesang und Trommelsprache aufgenommen und mit in die Schweiz gebracht. Er würde dieses Erlebnis nie vergessen. Die Tanzmusik hatte er in Worb bei einer Nachbarsfamilie abgespielt. Seine Nachbarn besassen einen alten gemütlichen Kater. Als die urtümliche Musik aus dem kleinen Gerät ertönte, erwachte der alte Kater aus dem Schlaf; er geriet in Ekstase, sprang in religiöser Begeisterung - oder war es Entsetzen? - aus seinem Körbchen und raste am Fenstervorhang empor. Für die Missionarspioniere des neunzehnten Jahrhunderts wäre das Verhalten der Katze der Beweis gewesen, dass im Leila Dämonen am Werk waren. Den frommen Pionieren mussten die Einheimischen Tanz und Musik als Folklore erklären und die Schlachtung der Tiere als Speisung der Armen. Das was zwar nicht falsch, aber nur die halbe Wahrheit. Spätere Generationen von *Fraternal Workers* lernten bereits vor ihrer Aussendung nach Afrika in vorbereitenden Kursen, dass es sich bei der Opferung um das gemeinsame Essen mit den Ahnen handle und dass dieses Ritual als afrikanisches Kulturgut zu schützen sei.

Dass das Leila etwas Grossartiges sei, hatte ihm Mama Elisabeth beigebracht. Mama Elisabeth gehörte zu jenen Schweizerinnen und Schweizern, von denen der König liebevoll zu sagen pflegte, dass sie Afrikaner in weisser Haut seien. Mama Elisabeth sprach besser Mungaka als viele Einheimische. Sie setzte sich mit Hingabe für die Pflege dieser Sprache ein. Sie bedauerte, dass gebildete Graslandkameruner ihre ursprüngliche Sprache als Hinterwäldlersprache abtaten und sich lieber auf Englisch unterhielten. Fru war oft und gerne bei Mama Elisabeth und Papa Joachim und ihren Kindern. In seiner Schweizer Familie kam er zum ersten Mal mit klassischer europäischer Musik in Berührung. Mama Elisabeth war in der Schweiz Klavierlehrerin gewesen. Er war fasziniert und wollte dieses Neue unbedingt lernen. Bei seiner Schweizer Familie verbrachte er nach der Klavierstunde oft und gerne auch die Nacht. Auch das etwas Neues: schlafen in einem europäischen Bett. In seiner afrikanischen Familie schlief er auf einer schlichten Lagerstatt in der Lehmhütte seiner leiblichen Mutter. Jede seiner afrikanischen Mütter hatte ihr eigenes Lehmhaus, das sie mit ihren leiblichen Kindern bewohnte. Es war die eheliche Pflicht des Ehemannes, jede Frau in regelmässigen Abständen zu besuchen, bei ihr und ihren Kindern zu essen und anschliessend ein weiteres Kind zu zeugen. Fru gehörte zu einer grossen Familie. Er hatte zwei Väter, einen biologischen afrikanischen und einen geistlichen schweizerischen Vater. Mütter hatte er gleich mehrere, vier afrikanische und eine fünfte, Klavier spielende Schweizer Mutter, ferner hatte er zwei weisse Brüder und eine weisse Schwester sowie an die dreissig afrikanische Geschwister, nebst Grosseltern, Tanten und Onkeln und einer unüberschaubaren Anzahl Cousins und Cousinen.

Fru in der Tramfahrerkabine versicherte sich, dass das Mikrophon ausgeschaltet war. Er liebte es, laut mit sich selber zu reden. «Wer Schweizer Eltern hat, ist ein Schweizer», erklärte er. Er nickte. Mama Elisabeth und Papa Joachim waren Schwarze in weisser

Haut und er, ihr Kamerun-Grasland-Sohn, war seinerseits ein Schweizer in schwarzer Haut.

Es war genau 5 Uhr 45. Fru liess sein Tram an der Station Luisenstrasse anhalten. Fünf Personen stiegen zu. Es war immer noch neblig.

Fru setzte sein Selbstgespräch fort. «Ich bin ein Mann mit schwarzer Haut, einem fast schweizerisch denkenden Kopf und einem afrikanischen Herzen. Cornelia, meine Frau, ist Schweizerin, meine Kinder sind Schweizer. Ich spreche Schweizerdeutsch, ich bin pünktlich und einer der wenigen Afrikaner, die Klavier spielen. Falls jemand behauptet, dass man nur mit einem europäischen Herzen Bach und Händel spielen kann, will ich ihm das Gegenteil beweisen. Und ich freue mich, wenn sich umgekehrt Europäer von afrikanischer Musik inspirieren lassen.» Fast so etwas wie Selbstbewunderung regte sich in ihm. Waren das nicht völkerverbindende Gedanken philosophisch-theologischer Natur? Er konnte es nicht verleugnen, dass er in seiner Heimat Englisch- und Musiklehrer gewesen war. Der Lehrer in ihm hatte sich geregt, weil er die blaue Anna soeben an der Haltestelle Helvetiaplatz zum Stehen gebracht hatte. Ganz in der Nähe befand sich das Gymnasium Kirchenfeld. In etwas mehr als einer Stunde würden hier Gymnasiastinnen und Gymnasiasten aus seinem Tram steigen; unter ihnen auch *young people of colour*. Die Schweiz war nicht mehr die Schweiz von vor fünfzig Jahren.

Fru war gerne Trampilot, aber noch lieber wäre er wieder Lehrer - oder sogar Pfarrer, so etwas wie Missionar in umgekehrter Richtung. Afrika verdankte den Missionaren unendlich viel. Doch was war aus dem einst christlichen Europa geworden? Gab es nicht bereits afrikanische Missionare in Europa? Fru musste unwillkürlich an eine Begegnung mit einem jungen Priester denken. Cornelia und er hatten einige Urlaubstage im südfranzösischen Eze verbracht, während die Kinder in der Obhut der Grossmutter in der Schweiz geblieben waren. Eze war ein malerisches Städtchen zwischen Nizza und Monaco, auf einem Felsen hoch über dem Mittelmeer gelegen, ein wunderbarer Ferienort. Am Sonntag hatte das Ehepaar in der Eglise Notre-Dame de l'Assomption an der Messe teilgenommen. Zum Entzücken beider wurde diese von einem jungen Priester aus Kamerun zelebriert. In der Predigt zitierte Père Amidou den 2005 verstorbenen Papst Johannes Paul II. Mit dem Zitat des polnischen Papstes sprach Père Amidou Cornelia und Fru aus dem Herzen. Der Papst hatte anlässlich eines Frankreichbesuchs leidenschaftlich gerufen: «*France, fille aînée de l'Eglise, es-tu restée fidèle?*» Père Amidou nannte in seiner Predigt statistische Angaben zur Priesterweihe in Frankreich: In den Sechzigerjahren waren allein in Paris jedes Jahr bis zu 200 junge Männer zu Priestern geweiht worden, in ganz Frankreich waren es noch sehr viel mehr. Im vergangenen Jahr waren es noch gerade mal drei! «Wir stehen an einem Neuanfang», hörten Cornelia und Fru den Priester sagen. «Christus hat uns befohlen: Geht hinaus in alle Welt, machet zu Jüngern alle Völker und lehret sie halten alles, was ich euch befohlen habe. - Alle Welt liegt heute nicht mehr in weiter Ferne. Alle Welt, das ist in Frankreich direkt vor der Tür.»

Es war selbstverständlich, dass sich die beiden Kameruner nach der Messe umarmten und miteinander ins Gespräch kamen. Beide stellten fest: Europa war ohne sein christliches Erbe nicht zu verstehen, doch in dem malerischen Städtchen gab es laut Père Amidou mit Ausnahme eines alten französischem Paters, der bald sterben würde, nur noch afrikanische Priester. Fru als guter Protestant verwies auf Martin Luther, der gesagt hatte: «Der christliche Glaube ist wie ein belebender Regen, der immer weiterzieht. Heute ist er zu uns gekommen.» - «In Europa herrscht zurzeit geistliche Dürre», bestätigte er dem Priester, «der belebende Regen fällt jetzt in Afrika.» Père Amidou sah das auch so: «Wo Afrikaner sind, da ist Religion», meinte er, und fügte hinzu: «Als Bewahrer des christlichen Erbes sind wir Schwarze heute die besseren Franzosen.» Cornelia fand, dass das auch für die Schweiz gelte. «Die Schweizer sind stolz auf ihre Exporte, Schokolade, Käse, Medikamente, Uhren, Präzisionsgeräte. Doch wer in der Schweiz denkt daran, dass unser wichtigster Export das calvinistisch-zwinglianische Denken ist? Ohne dieses Denken wären die Vereinigten Staaten nicht das geworden, was sie heute sind.» Père Amidou war erstaunt. «Das habe ich nicht gewusst.» - «Genf war zur Zeit von Reformation und Gegenreformation das protestantische Rom», erklärte Fru dem Priester. «Auch Afrika ist von diesem Denken geprägt worden. Dieses Erbe bewahren die Afrikaner besser als die Schweizer. Auch ich stelle fest: Die schwarzen Menschen sind die besseren Schweizer.»

Die schwarzen Menschen die besseren Schweizer - das war eine provokative Aussage. Über diesen Satz würde Fru gerne einmal mit den Gymnasiasten diskutieren. Wieder fühlte er sich als Lehrer. So früh am Märzmorgen waren allerdings noch keine Gymnasiasten zu sehen; im Winterhalbjahr begann der Unterricht erst um acht Uhr.

Der Helvetiaplatz war ein neuralgischer Verkehrsknoten. Der Tramchauffeur betätigte mehrmals energisch die Klingel. Das blaue Tram rollte nach einer gefährlichen Kurve an Autos, deren Fahrer die Klingelwarnung beachtet und angehalten hatten, vorbei auf die Kirchenfeldbrücke - für Fru ein Lieblingspunkt auf der Fahrt. «Hier wird die Tramreise zur Traumreise», pflegte er zu sagen. Auf der Kirchenfeldbrücke bot sich normalerweise ein Blick auf das Bundeshaus und die Altstadt mit dem Münster und in der Ferne sah man die leuchtende Gletscherwelt. Im ehrwürdigen Münster war Cornelia konfirmiert worden, unter der Brücke rauschte die schöne grüne Aare. Doch von alledem war an diesem Morgen nichts zu sehen, einfach nichts. So etwas hatte der Trampilot noch nie erlebt. Die Altstadt lag unter einem ganz besonders dicken Nebelkuss der Aare.

Die blaue Anna erreichte das Ende der Brücke. Jetzt durfte Fru einige Sekunden lang nicht tagträumen. Beim Zytglogge vereinigen sich in einer schwer überblickbaren Kurve vier Strassen mit mehreren Bus- und Strassenbahnlinien. Und die Stadt war am Erwachen. Männer und Frauen eilten zwischen Autos, Trams und Bussen kreuz und quer über die Gasse. Aus allen Richtungen klingelte und hupte es, Menschen sprangen zur Seite oder blieben stehen. Eine neblige Figur, für die Fru ganz besonders lang klingelte, zeigte ihm drohend den Stinkefinger. Geschafft! Die furchtbare Kurve lag hinter ihnen. Sie fuhren durch die Marktgasse. Schade, dass es nicht regnete. Bei Regen verzogen sich die Passanten unter die berühmten Berner Lauben. Doch ohne Regen waren Marktgasse und Spitalgasse so etwas wie ein Hof mit aufgescheuchten Hühnern. Fru musste klingeln, immer wieder. Trotzdem oder gerade deshalb hatte er in dieser Gasse seinen besonderen Höllentraum: Wenn Berner Tramchauffeure nach dem Tod nicht in den Himmel kämen, sondern in die Hölle, müssten sie in alle Ewigkeit beim Zytglogge um die Kurve und durch die Marktgasse und die Spitalgasse fahren. Alle tausend Jahre gäbe es eine Pause von hundert Jahren, und in dieser Pause müssten sie in Basel den Bahnhofplatz als Fussgänger überqueren. Die Ewigkeit mit dem Stadt-Berner-Verkehr und der Baslerpause waren die schlimmsten Höllenqualen, die Fru sich ausmalen konnte.

Der Nebel schien sich nun doch langsam zu verziehen; bei der Haltestelle Bärenplatz war mit etwas gutem Willen das Bundeshaus auszumachen. Kurz darauf erreichten sie mit etwas Verspätung Punkt 6 Uhr den Bahnhof Bern. Der Nebel hatte sich noch mehr gelichtet und es war eindeutig Tag geworden. Am Bahnhof stiegen alle seine Worber aus. Fru öffnete das Kabinenfenster: «Einen schönen Tag noch.» - «Auf Wiedersehen, Herr Ndinibam. Danke für die sichere Fahr und den flotten Stopp!» - «Nichts zu danken, sicheres Fahren ist mein Job. Morgen werde ich erzählen, warum ich ins Mikrophon gelacht habe.»

Das Tram füllte sich mit Menschen. Wie schwer mochte es jetzt sein? Das Gewicht von fünfzehn Elefanten? Der Höllenteil der Fahrt lag hinter ihnen. Die Spannung liess nach. Sie fuhren Richtung Hirschengraben und Kocherpark. Das war eine nicht besonders gefährliche, aber belebte Strecke mit Autos und Gegentrams, mit roten Trams und gelben YB-Trams und dem hellvioletten Tram mit der Valiant-Bank-Reklame. Fru musste seinen Tramkollegen nach allen Seiten zuwinken. Bei ihnen und bei ihm war alles in bester Ordnung, keiner brauchte Hilfe. Der Nebel verschwand immer mehr. Bei der Haltestelle Kaufmännischer Verband konnte er in der Schaufensterauslage der glutenfreien Bäckerei deutlich die Brote, Kuchen und Torten erkennen. Bei der Endstation Fischermätteli grüsste der erste Sonnenstrahl. Nein, Fru musste noch nicht dringend - aber an den Endbahnhöfen gab es für die Tramchauffeure Toiletten. Es war ratsam, diesen einen Besuch abzustatten, selbst wenn man noch nicht musste. Trampiloten wissen nie, was sich ihnen auf der nächsten Fahrt in den Weg stellt, und wenn das Tram auf einmal nicht weiterkäme, würde der Druck auf die Blase unerträglich. Passagiere konnten bei unfreiwilligen Halten aussteigen, das war für die Chauffeure nicht möglich. Fru liebte seine Träumereien während des Fahrens, doch wenn die Gedanken nur noch um die Frage kreisten: «Wann kann ich endlich pinkeln?», wurde der Traum zum Albtraum.

Frus Besuch auf der Toilette dauerte nur kurz und die paar Tröpfchen waren ein eher bescheidenes Ergebnis. Die Zeit für die Fahrt zurück in die Stadt war noch nicht gekommen. Er schritt gemütlich neben der blauen Anna auf und ab, die Sonne geniessend und die neuen Fahrgäste begrüssend. Für nicht wenige war er ein vertrauter Anblick, bei andern blitzte in den Augen kurz die Frage auf: «Ist dieser Schwarze der Fahrer?» Fru war ein sehr schöner Mann, sportlich, gross, schlank, krauses Haar, dank der Gene seiner Fulani-Grossmutter eine schmale Nase. Eine etwa vierzigjährige attraktive Frau kam mit wiegenden Hüften über die Strasse geschritten. Sie lächelte Fru einladend an und leckte an ihren Lippen. Der dunkelhäutige Tramchauffeur verstand die Sprache dieses Lächelns und die Zunge an den Lippen. Er lächelte nicht zurück, verschränkte ablehnend die Arme, drehte sich um und kehrte der Dame ärgerlich den Rücken. Ärgerlich nicht, weil er entsprechende Wünsche nicht gekannt hätte - er war schliesslich ein Mann aus Fleisch und Blut -, aber er empfand diese unausgesprochenen und doch so eindeutigen Angebote von Frauen - oder auch Männern - als unangenehme, weisse, rassistische Selbstverständlichkeit, sich Menschen dunkler Hautfarbe einfach bedienen zu dürfen.

An der Migroskasse

Fru hatte seine Anna an diesem Morgen schon acht Mal von Worb ins Fischermätteli und sieben Mal zurück nach Worb geführt. Beim achten Mal war seine Arbeitszeit am Bahnhof zu Ende gegangen, Kollege Sepp Matter-Horn hatte übernommen. Sepp war mit Ines Horn verheiratet. Fru grinste - Matterhorn. Fru blieb als gewöhnlicher Passagier im Tram, um nach Hause zu fahren. Mit sicherem Blick erkannte er in einem Randständigen einen Mann, der ohne Fahrausweis das Tram benützen wollte, einen sogenannten Schwarzfahrer. Fru hatte ein weiches Herz, der Mann tat ihm leid. «Hier bin ich der einzige legale Schwarzfahrer», meinte er freundlich. «Ich bin Tramchauffeur.» Er drückte dem verdutzten Randständigen das Fahrgeld in die Hand. «Steigen Sie bitte aus und lösen Sie ein Billet.» Der Mann dankte und stieg aus. Und das war gut so, beim Zytglogge stiegen nämlich zwei Kontrolleure ein, der dicke Franz und die scharfe Lotte. Scharf wurde Lotte genannt, weil sie ihre Kontrollfunktion unerbittlich wahrnahm. Sie war gross und stark und hatte riesige Hände, die es mit jedem Mann aufnahmen, der sich ihr zu widersetzen versuchte. Daneben hatte sie auch eine humorvolle gute Seite. Sie lachte, als sie Fru erblickte. «Ha», brummte sie gutmütig, «da kann ich ja gleich wieder aussteigen, da sitzt mein Kollege, der Schwarzfahrern den Fahrschein bezahlt, sodass ich nichts zu tun habe.» - «Genau das hat er soeben getan», bestätigten einige Fahrgäste. «Und poetisch, wie er ist, hat er sicher gesagt: 'Hier bin ich der einzige legale Schwarzfahrer.'» Grosses Gelächter. «Das hat er tatsächlich gesagt!» Das Tram erreichte die Kirchenfeldbrücke. Im Gegensatz zum Morgen herrschte klare Sicht und heller Sonnenschein. «Und was pflegt unser Poet an schönen Tagen auf der Kirchenfeldbrücke durchs Mikrophon zu rufen?» - «Ach, er ist das?», meinte eine sympathische blonde Frau. «Vor einer Woche hat uns ein Trampilot aufgefordert, nicht dauernd auf das Smartphone zu starren, sondern einen Blick auf die Berge, das Münster und die Aare zu werfen. Und das in bestem Berndeutsch. Ich hatte keine Ahnung, dass der poetische Chauffeur ein Ausländer ist.» - «Bin ich ja auch nicht. Ich bin Schweizer, jedenfalls bald einmal.»

Schwerhörige Menschen wissen oft nicht, wie unglaublich laut sie sprechen. Man hörte einen weisshaarigen Mann deutlich zu seiner Frau sagen: «Schwarze sollten nicht in die Schweiz kommen. Sie mögen ja gut und recht sein, aber sie passen einfach nicht in unser weisses Land.»

«Entschuldigen Sie bitte», bat die sympathische blonde Frau Fru. «Das ist ein alter verwirrter Mann, der nicht einmal mitbekommt, dass wir alle das gehört haben. Mein Mann ist Afrikaner.» - «Meine Frau Schweizerin.» - «Oh, da haben wir ja etwas gemeinsam.» - «Ich habe meine Frau in Kamerun kennengelernt.» - «Und ich meinen Mann im Bett.»

Der dicke Franz bekam vor Verlegenheit einen Hustenanfall. Die grosse starke scharfe Lotte holte tief Luft. So etwas Intimes sagte man - wenn überhaupt - höchstens der besten Freundin, jedenfalls nicht im Tram vor aller Öffentlichkeit. Auch Fru war verdutzt.

Die Blonde grinste. «Ich habe ihn im Spitalbett kennengelernt. Ich war Krankenschwester. Und da lag dieser schöne schwarze Mann in weissen Kissen, ein Märchenprinz, einfach zum Verlieben. Ich setzte mich mehr als unbedingt nötig für die Pflege dieses Mannes ein: Schläuche kontrollieren, Fieber messen, Kissen zurechtschütteln. Wenn mich nach dem offiziellen Pensum meine ältere, verständnisvolle Kollegin ablöste, hatte sie nichts dagegen, wenn ich eine unbezahlte Überstunde einschob und den Dienst in

Zimmer 48 übernahm. Natürlich ist das meinem schwarzen Prinzen aufgefallen. Während der besagten Zusatzstunde schien es ihm besonders schlecht zu gehen, sodass er immer wieder läuten musste. Nach dem Spitalaufenthalt bedankte er sich für die aufopfernde Pflege, indem er mich und meine Kollegin bei mir zuhause bekochte. Meine Kollegin als Anstandsdame. Hier ist meine Karte.» Fru nahm die Karte entgegen und las:

> *Amanuel und Dorothea Setene-Kipfer*
> *Äthiopisches Spezialitätenrestaurant*

Der dicke Franz, der Fru über die Schulter geblickt hatte, meinte: «Das würde mich auch interessieren.» Fru nickte: «Meine Frau und ich werden uns bestimmt melden.» Die neue Bekannte stieg bei der Haltestelle Egghölzli aus und Franz und Lotte setzten ihren Kontrollgang fort. In Worb verabschiedete Fru sich von seinem Kollegen Matter-Horn, der ihn abgelöst hatte.

Wer in Worb auf den Bahnhofplatz hinaustritt, erblickt das Postbüro, einige Gebäude, die Kirche und das erhabene Schloss. Fru machte sich auf den Weg zum Migros-Supermarkt. Nach dem Frühdienst war der Tramchauffeur oft Hausmann; er war ein leidenschaftlicher Koch. Auf dem Rollband liess er sich in die grosse Lebensmittelabteilung hochtragen. Das Rollband war keine Treppe, sondern, wie das Wort sagt, ein Band, offenbar entworfen von einem jungen Architekten, der eher an Einkaufswagen als an betagte Kundinnen und Kunden dachte. Beim Abwärtsfahren kam es immer wieder einmal vor, dass Fru alte Damen stützen musste, welche ins Stolpern kamen.

Oben angekommen, begann er seine Einkaufstour. Er wollte seine Lieben mit *Egusi Soup* überraschen. Was brauchte er? Unter anderem Palmöl und *Egusi*. Palmöl war allerdings in Ungnade gefallen, seit bekannt geworden war, dass ganze Wälder den Palmplantagen zum Opfer gefallen waren. Zum Glück hatte er einen ausreichenden Vorrat an Palmöl zuhause - er hatte seine Quellen und Verbindungen. Die Migros führte es nicht mehr in ihrem Sortiment, verkaufte jedoch nach wie vor Produkte, in denen es enthalten war. Palmöl war in Kosmetikprodukten schwer zu ersetzen. Fru stand vor dem Regal mit Kernen und Nüssen. Für *Egusi Soup* brauchte er *Egusikerne*. Auf keinem Paket war *Egusi* angeschrieben. Ach ja, hier sagte man für *Egusi* ja Kürbis. Er nahm ein Paket und beförderte es in den Einkaufswagen. Jetzt zum Hühnchen. Hühnchen war ein wichtiger Bestandteil in der *Egusi Soup*. In Kamerun würde er ein Huhn geschlachtet und alles verwendet haben. In der Migros war es praktisch, da konnte er Teilstücke kaufen. In Bali-Nyonga nicht. Er seufzte. Den modernen Supermärkten fehlte die Romantik. Auch in Bamenda gab es bereits die grossen, peinlich sauberen Geschäfte mit Aircondition. Hoffentlich würden die Einkaufszentren nicht die wunderbaren bunten, lärmigen Bauernmärkte verdrängen. Im Königreich Bali-Nyonga war es eine Lust, sich zwischen den Marktständen hin und her zu bewegen. In allen möglichen Stammessprachen priesen die Händlerinnen und Händler ihre Waren an. Am liebsten hätte er mit afrikanischer Singsangstimme in die Migros-Supermarkt-Menge gerufen: «*Otschotscho jo ororo!*» Dieser Marktruf klang immer noch in seinen Ohren. Er hatte nie gefragt, was das für eine Sprache sei. Wichtig war die wunderbare Stimme, und dass die Bäckerin über einem offenen Feuer Yamküchlein zubereitete, konnte ja jeder sehen. Wenn er welche kaufte, unterhielt er sich mit ihr auf Pidgin. Händlerinnen und Händler aus allen möglichen Landesteilen priesen ihre Ware an. Schmalgliedrige Frauen aus dem Hirtenvolk der Fulani verkauften

Fleisch. Hühner warteten, an den Füssen gefesselt, auf Käuferinnen und Käufer. Blutige Tierköpfe am Boden waren der Beweis, dass das Fleisch frisch war. Breite Frauen aus dem Regenwald boten Ananas, Orangen, Zitronen, Mangos, Kokosnüsse und Gemüse an. Gewürze in roter, gelber und grüner Pulverform verströmten einen betörenden Duft. Männer in der Hocke flochten wunderbare Körbe. Andere bearbeiteten ausgehöhlte Kürbisse durch Schnitzen und Brandfärbung zu kunstvollen, wasserdichten Schüsseln, genannt Kalebassen. Das war etwas ganz anderes als das fantasielose Plastikgeschirr aus China, das ebenfalls angeboten wurde. Kundinnen und Kunden in eleganter Haltung mit Körben, Krügen oder sogar Wasserflaschen auf dem Kopf diskutierten mit den Verkäuferinnen und versuchten durch Feilschen, den Preis der zu kaufenden Kostbarkeiten herabzusetzen. *Pfaff* war eines jener deutschen Wörter, die Fru immer gekannt hatte. An Pfaff-Tretnähmaschinen sassen emsig arbeitende Frauen. An anderen Ständen waren Frauen oder Männer an Webstühlen beschäftigt. Strickerinnen waren selten zu sehen, stricken war die Aufgabe der Männer. «Zeige mir, wie du strickst, und ich sage dir, wie du glaubst», war ein geläufiges Sprichwort. An der Art des Strickens konnte man erkennen, zu welcher Kirche die Strickmänner gehörten. Anglikaner und Katholiken führten den Faden wie Engländerinnen und Italienerinnen mit der rechten Hand, die Presbyterianer dagegen ganz schweizerisch und deutsch genau umgekehrt, was völlig unterschiedliche Stricknadelbewegungen ergab. Überall wurde gekocht und gegessen, gefeilscht, gelacht und über Gott und die Welt diskutiert. Die Märkte im englischsprachigen Westen hatten ihm immer besser gefallen als die im französischsprachigen Teil. Der Markt in Bali-Nyonga war sogar ein bisschen sauber. Mit Grausen dachte er an einen Markt in Französisch-Kamerun mit einer Pissmauer für Männer und Frauen. Die Männer stellten sich vor die Mauer - wenn sie europäische Kleider trugen, öffneten sie den Hosenschlitz, die traditionell Gekleideten schürzten den Kiteng - und richteten den Strahl gegen die Mauer. Die Frauen - sie hatten es einfacher, da sie keine Unterwäsche trugen - gingen einfach vor der Mauer in die Hocke und liessen ihr Bächlein fliessen.

Fru gab sich einen Ruck. Fünf hygienisch verpackte Pouletschenkel landeten in seinem Einkaufswagen. Nun das Gemüse. Für *Egusi Soup* brauchte er Tomaten, Yam und Spinat. Vielleicht hatte er Glück und die Migros hatte an diesem Tag Yam in ihrem Sortiment. Nein, Yam war nirgends zu sehen. Kartoffeln gab es in allen Grössen, grosse dicke und längliche kleine, auch violette sowie Süsskartoffeln, doch Yam fehlte. «Macht nichts», beschloss er, «dann mache ich eben *Egusi Soup* nach Haussa Art mit Hirse.» Er füllte eine Plastiktüte mit Tomaten. Tomaten gehörten unbedingt in das Gericht, genau wie Zwiebeln und Blattspinat. Blattspinat war zu dieser Jahreszeit nur tiefgefroren erhältlich, doch damit konnte er gut arbeiten. Das war dann schon alles. Doch halt, was entdeckte er da gerade?! Schöne braune Schokoküsse. Absolut korrekter Name. Vier davon mussten unbedingt mit. Für Grossmama brauchte er keinen zu kaufen, der Arzt hatte ihr den Genuss von Süssigkeiten verboten. Cornelia und die Kinder nannten die Schokoküsse beharrlich anders. Das würde zuhause ein Gelächter geben. Jetzt hatte er wirklich alles.

Er schlängelte sich mit dem Einkaufswagen an andächtig vor Regalen stehenden Kundinnen und Kunden vorbei zu den Kassen. In welche Warteschlange sollte er sich einreihen? Alle hatten volle Einkaufswagen. *Self scanning?* Das kam für ihn nicht infrage. Er sah sich auch in der Migros als einen der besseren Schweizer, welche den menschlichen Kontakt suchten. Dann halt eben an die Zahlstelle mit der schönsten Kassiererin. Doch Pech gehabt, an der Kasse sassen nur Männer. Dann auf jeden Fall zu dem jungen Afrikaner. Ob dieser wohl schon Schweizer war? Er war sicher hier aufgewachsen. Fru hörte ihn Berndeutsch sprechen, ein besseres Berndeutsch als das seine, fehlerlos und akzentfrei. Dem Aussehen nach stammte er wohl nicht aus Westafrika.

Fru fühlte einen Stoss, ein älterer Herr mit vollem Einkaufswagen versuchte ihn zu überholen. Eigentlich ein durchaus sympathischer älterer Herr, wenn er sich nicht vordrängen würde. «Sorry, aber ich habe mich vor Ihnen eingereiht», protestierte Fru freundlich, aber bestimmt. Der ältere Herr blickte ihn mit grossen, unschuldig staunenden Augen an. «Entschuldigen Sie», meinte er in stark schweizerisch klingendem Hochdeutsch, «das ist sonst nicht meine Art. Ich habe Sie für einen Regalauffüller gehalten.» Das war wieder einmal typisch: schwarzer Mann gleich Regalauffüller. Fru fühlte Ärger in sich aufsteigen, doch der alte Herr sah so unschuldig und freundlich aus. «Sie können ruhig Schweizerdeutsch mit mir sprechen», entgegnete er versöhnlich. «Oh, das ist wunderbar. Ihr Schweizerdeutsch ist unverkennbar Berndeutsch, und doch scheinen Sie nicht hier aufgewachsen zu sein. Es klingt da noch etwas anderes mit. Wo haben Sie Berndeutsch gelernt?» - «Ich bin unter Schweizern aufgewachsen und meine Frau ist Schweizerin. Sie ist eine strenge Lehrerin, sie lässt mir keinen Fehler durch; selbst die Kinder korrigieren mich.»

Unter solchen Gesprächen war Fru an der Kasse angelangt. Er beförderte das Paket mit den Kürbiskernen, die Pouletschenkel, den Frischhaltebeutel mit den Tomaten und den eisigen Spinatblock auf das Band. «*How far Brata*», sprach er den Mann an der Kasse an. «Wie bitte?» Aha, sein Gegenüber verstand diese

Sprache nicht. «Das ist Pidgin und heisst: *Hello Brother.*» - «*Brata* für *Brother* hätte ich fast verstehen können. Wir sprechen zuhause Suaheli. Ich müsste also zurückgrüssen mit: *Jambo Ndugu.*» Als der Kassierer die Schokoküsse scannte, huschte ein Lächeln über sein Gesicht. «Totalbetrag 28 Franken 50, bitte schön.» Fru verstaute die Einkäufe in seinen Rucksack. «*Asante*», sagte der junge Mann zum Abschied auf Suaheli, «danke, dass Sie mich angesprochen haben. *Kwa heri*, auf Wiedersehen.»

Ein paar Schritte weiter befand sich Fru auf der Rolltreppe, die keine Treppe war. Eine alte Dame hinter ihm stolperte und ... Fru hörte das Geräusch, drehte sich um und ergriff stützend ihren Arm. Dankbar lehnte sie sich an ihren Retter. Sie lächelte schelmisch. «Günstig gestolpert», meinte sie, «man wird in meinem Alter nicht oft von einem schönen Mann in die Arme genommen.» Er musste lachen. Die Dame hatte Humor. Unten half er ihr, die Orangen einzusammeln, welche beim Stolpern aus ihrem Korb gefallen und lustig davongehüpft waren. Die alte Dame beförderte die Orangen zurück in den Korb. Beim Ordnen der durcheinandergeratenen Waren nahm sie das Portemonnaie in die Hand. Ein Verdacht durchzuckte Fru: Nicht schon wieder! Zuerst der Herr an der Kasse, der ihn für einen Regalauffüller gehalten hatte, und jetzt auch diese Alte. Versuchte sie gerade, ihm ein Trinkgeld zu geben? Doch sofort schämte er sich dieses Gedankens. Was war mit ihm? Hatte er wie so viele andere Eingewanderte einen Komplex entwickelt? Witterte er selbst dort Rassenvorurteile, wo gar keine waren? Die alte Dame holte ihn aus seinen Gedanken zurück. «Junger Mann, Sie haben eine ausgesprochen gebildete Ausdrucksweise. Ich nehme indessen an, dass Sie nicht in der Schweiz aufgewachsen sind, ich höre da einen charmanten Unterklang. Lassen Sie mich raten: In Ihrer Heimat waren Sie

Lehrer.» Frus Herz machte einen Freudensprung. Die Frau begegnete ihm auf Augenhöhe. Da war nichts mit Trinkgeld für einen schwarzen Boy. Rassenkomplex war bei dieser liebenswürdigen Dame nicht angebracht. Sie gehörte zu den besseren Schweizern - Schweizer:innen, korrigierte er sich innerlich augenblicklich - *political correctness* musste sein. «Ndinibam», sagte er, «ich heisse Fru Ndinibam, in Kamerun war ich in der Tat Lehrer.» - «Freut mich, Herr Ndinibam.» Die Frau streckte ihm die Hand entgegen. «Martha Haldimann, Juristin im Ruhestand.»

Die pensionierte Juristin und der Ex-Lehrer blickten einander an. Er versuchte in ihren Augen zu lesen und sie in seinen. Offenbar hatten beide denselben Gedanken. Doch wie fasst man diesen in Worte, ohne falsch verstanden zu werden? Fru bewegte wie zufällig den Kopf Richtung Café. «Ich weiss wenig über Kamerun», meinte Frau Haldimann seinem Blick folgend, «was man halt eben so wissen muss, eine Art Bürgerkrieg. Ich würde gerne mehr darüber erfahren. Hätten Sie Zeit?» Fru warf einen gespielten Blick auf die Uhr. «Ja, ich hätte Zeit.» - «Altersmässig könnte ich Ihre Grossmutter sein. Darf ich meinen Retter zu einer Tasse Kaffee einladen?»

Cornelia

Fru rührte nachdenklich in seinem Kaffee. Martha blickte ihn gespannt an. Die pensionierte Juristin und der Ex-Lehrer waren bei der Ankunft des Kaffees zum Du übergegangen.

«Es geschah an der Taufe meines jüngsten Schwesterchens Maureen, meiner einundzwanzig Jahre jüngeren Schwester - eine Tochter meiner dritten Mutter», erzählte Fru. «Mein Vater lebt noch; er hat vier Frauen. Meine jüngeren Geschwister und Halbgeschwister bekamen englische Namen. Das war neu. Mir und meinen älteren Geschwistern hatte Papa noch kamerunische Namen gegeben. Doch nun war die politische Lage eine andere geworden. Die mächtigen Politiker des grossen französischsprachigen Teils unseres Landes fingen an, der Minderheit mit englischer Amtssprache das Leben schwer zu machen. Als Reaktion auf die französische Dominanz wünschten sich die Täuflinge in Westkamerun englische Namen.» - «Täuflinge können ja wohl nicht einen Namenswunsch äussern», meinte Martha mit einem Lächeln. «Kinder nicht, aber Erwachsene. Es wurden in jenem Gottesdienst nebst den Kindern auch etwa zehn oder zwölf Erwachsene getauft.» Martha machte grosse Augen. «Und wie viele Kinder?» - «Das weiss ich nicht mehr so genau, etwa fünfzig oder sechzig.» Die Juristin, die gerade die Tasse an die Lippen geführt hatte, verschluckte sich. «Fünfzig oder sechzig Kinder und zwölf Erwachsene!» Beinahe hätte sie die Tasse fallen lassen. «Und das in einer reformierten Kirche?» - «Ja, in unserer presbyterianischen Kirche.»

Nachdem sie vor Staunen fast aufgesprungen wäre, fühlte sich die pensionierte Juristin auf einmal schwer. Sie starrte in die Kaffeetasse. Es war nicht ihre Art, im Kaffeesatz zu lesen, aber im

Kaffee entstand ein Bild. Darin sah sie einen schweizerischen Gottesdienst, einen Taufgottesdienst. So jeden dritten Sonntag kam das vor, ein Kind wurde getauft, ausnahmsweise zwei. In ihrer Jugend war das noch anders gewesen. An vielen Sonntagen hatten gleich mehrere Taufen stattgefunden, nie siebzig, aber doch manchmal fünf oder sechs. Heute ab und zu mal eine. Sie sah im Kaffeebild den Pfarrer, das Kind, die Taufgesellschaft und auf den Bänken ein paar alte Leute. Sie starrte und starrte in ihre Tasse. Aus weiter Ferne hörte sie eine Stimme, die etwas von afrikanischen Musikinstrumenten, tanzenden und jubelnden Gottesdienstbesucherinnen und -besuchern erzählte. Aus der Kaffeetasse erklang Orgelmusik.

«Und dann sah ich sie tanzen.»

Martha fuhr auf. Jetzt hörte sie wieder fasziniert zu. «Ich sah sie hingebungsvoll tanzen, die schöne junge Frau. Ich hatte gehört, dass eine neue Schweizerin am PCC, am *Presbyterian Cameroonian College*, unterrichtete.» Fru begann zu strahlen. «Cornelia tanzte, als ob Tanzen im Gottesdienst für sie etwas Selbstverständliches wäre. Gottesdienst und weltliches Leben sind in Kamerun nicht getrennt. Alles ist Gottesdienst: beten und arbeiten, beten und essen, essen und beten, beten und spielen, spielen und beten. Am Sonntag herrscht in der Kirche ein Kommen und Gehen. Gottesdienst ist in der Kirche, aber Gottesdienst ist auch draussen unter den Bäumen beim Essen. In den Essgemeinschaften segnen wir einander und singen Bibelworte. Beim Essen spricht der Pastor geistlich mit den Menschen und drinnen in der Kirche kann er in der Predigt im Namen Jesu von Landwirtschaft sprechen. In dem Gottesdienst, in dem ich Cornelia kennenlernte, gab es einen landwirtschaftlichen Wettbewerb. Die Basler Missionare hatten bereits kurz nach dem zweiten Weltkrieg den Versuch unternommen, den Kamerunern den Käse schmackhaft zu machen. Sie hatten tausende von Dosen mit Käse kommen lassen, Restbestände aus der Schweizer Armee. Die Kameruner schüttelte es vor Ekel. Es blieb den schweizerischen und deutschen Mitarbeiterinnen und Mitarbeitern nichts anderes übrig, als den grässlichen Dosenkäse selber zu essen. Katholische Ordensgemeinschaften hatten eine bessere Methode, den Käse beliebt zu machen: die Produktion von Käse in Kamerun selber. In den Tropen muss die Verarbeitung allerdings schnell vonstattengehen, sonst verdirbt die Milch. Die Mönche liessen die Kühe deshalb in unmittelbarer Nähe zum Kloster weiden und sofort nach dem Melken wurde die Milch im Kloster verarbeitet. Bei der Herstellung von Käse selber dabei zu sein, interessierte die Kameruner. Sie überwanden ihren Ekel und gewöhnten sich allmählich an den Verzehr von Käse. Claudia war Landwirtschafts- und Haushaltlehrerin. Sie ermunterte die *Fraternal Workers*, unter den Mitgliedern der presbyterianischen Kirche einen neuen Versuch zu wagen. Darum der Wettbewerb im Gottesdienst in Form eines Bibelquiz. Ich gewann den ersten Preis: eine grosse, fette Kuh. Und da stand ich auf einmal mitten im Gottesdienst mit einer Kuh, glücklich und etwas verlegen. Ich hatte keine Ahnung von Kühen. Ich muss echt komisch ausgesehen haben. Wenn Afrikaner lachen, dann lachen sie lautstark.» - «Ich weiss», meinte Martha, «das Lachen einer afrikanischen Menschenmenge ist so etwas wie ein fröhliches Erdbeben.» - «Und sie lachen befreiend und ansteckend», entgegnete Fru, «im Gottesdienst mit der Kuh war es ein heiliges Lachen.» Bei dieser Erzählung brachen beide, die pensionierte Juristin und der Tramchauffeur, in ein Gelächter aus. «Wenn ich mir vorstelle, wie das in der Schweiz wirken würde, wenn man im Gottesdienst eine Kuh gewinnen könnte!» Martha konnte sich vor Lachen kaum erholen.

«Auch die *Fraternal Workers* lachten», nahm Fru die Erzählung wieder auf. «Was sollte ich tun? Und dann kam sie auf mich zu. Cornelias Eltern waren Landwirte im Emmental, Cornelia ist mit Kühen aufgewachsen. Cornelia versprach vor versammelter Gemeinde, mich in die Pflege der Kuh - und auch weiterer Kühe - einzuführen und mir auch das Käsen beizubringen. Cornelia ist aber nicht nur Landwirtschaftslehrerin, sie ist auch eine ausgezeichnete Cellistin - und ich selber spiele Klavier.» - «Ich sehe, wie das weitergeht», erwiderte Martha mit Wärme, «nicht nur glückliche Kühe, sondern auch zwei glückliche junge Menschen.» Sie wischte sich die Tränen aus den Augen, Lachtränen und Tränen der Rührung. «Ja, unsere Kühe waren durchaus glücklich. Sie hatten dank dem Zuchtstier aus dem Kloster ein glückliches ökumenisches Sexualleben, sie gebaren viele Kälblein. Die Landwirtschaftslehrerin erwies sich als tüchtige Tierhebamme. Wer so viel mit Zeugung und Geburt von Kälbern zu tun hat, muss auch gute Kenntnis haben von Zeugung und Geburt von Menschen. Das war die hohe Meinung, welche die Graslandkameruner von Cornelia hatten.» - «Du willst wohl eher Kamerunerinnen sagen», unterbrach Martha. «Nein, nein, ich spreche bewusst von Männern, die sich an Cornelia wandten. Ich erinnere mich an einen Mann - ein getaufter, monogam lebender Mann -, der sehr besorgt war, weil seine Frau ihm zwar vier Töchter, aber noch keinen Sohn geschenkt hatte. Nun war sie wieder guter Hoffnung. Doch war die Hoffnung wirklich gut? Er forderte Cornelia auf zu beten, dass ein Bub auf die Welt kommen werde. 'Für dieses Gebet ist es zu spät', erklärte Cornelia ihm, 'ich kann höchstens beten, dass bei der Geburt alles gut geht.' - 'Aber dann bete wenigstens, dass meine Frau bei der nächsten Zeugung ein Mädchen fabriziert', flehte er. Ihre Auskunft entsetzte ihn. 'Das hat nicht mit der Eizelle der Frau zu tun, sondern mit dem Sperma des Vaters. Frauen haben nur X-Chromosomen, Männer dagegen X und Y. Wenn das X-Sperma auf die X-Eizelle stösst, gibt es XX, also ein Mädchen, macht dagegen Y das Rennen, entsteht XY, ein Knabe.' - 'Dann bete, dass meine Y-Chromosomen schneller sind als die X-Chromosomen!', drängte der Vater von Töchtern.»

Fru rührte nachdenklich in seinem Kaffee. Martha blickte ihn erwartungsvoll an. Fru trank in aller Ruhe einen Schluck. «Und hat Cornelia dem Gebetswunsch entsprochen?», fragte die Juristin ungeduldig. «Ja, das hat sie, aber sie hat dem Mann auch noch den Rat gegeben, den Geschlechtsverkehr in einer nicht gebärfreudigen Zeit in einer besonders intensiven Hitzeperiode zu vollziehen, weil Y-Chromosomen länger überleben als X-Chromosomen.» - «Und ist wirklich ein Sohn auf die Welt gekommen?», fragte Martha. «Nicht nur einer, gleich deren drei.» Martha war verblüfft. «Ist das nun die Folge des Gebets oder des guten Rates?» - «Das weiss Gott allein», meinte Fru.

Wie um das Gespräch zu beenden, trank er seine Tasse leer. Doch der alten Dame war nach Romantik zumute. «Hast du noch Zeit für eine weitere Kaffeerunde?» - «Afrikaner haben immer Zeit.» Martha blickte sich um. «Kellner!», rief sie. Dieser eilte herbei. «Noch einmal zwei Kaffee, bitte schön.» - «Sehr gern, Madame.» Der Kellner verschwand Richtung Theke.

«Dann bist du Cornelia also beim Käsen nähergekommen?», nahm die Juristin das Gespräch wieder auf. «Nein, ich war ja Lehrer, ich half Cornelia lediglich bei der Instruktion von Papa, seinen Frauen und den übrigen Kindern. Aber Cornelia und ich unterrichteten am selben College. Sie wohnte in dem grossen Haus, in dem Papa Joachim und Mama Elisabeth gewohnt hatten, die mit ihren Kindern in die Schweiz zurückgekehrt waren.»

«Voilà, Madame, voilà, Monsieur, Ihr Kaffee.» Der Kellner stellte die Tassen mit dem Kaffee auf das Tischchen. «Darf ich gleich einkassieren. Viermal Kaffee, achtzehn Franken, bitte.» Martha drückte dem Kellner einen Zwanzigfrankenschein in die Hand. «Es stimmt so.» - «Oh, vielen Dank, Madame.»

«Milch und Zucker wie zuvor, Fru?» - «Gern. Eine Träne Milch und viel Zucker.» - «Dann nimm auch meinen Zucker, ich trinke ihn ungesüsst. 'Träne Milch' sagt man übrigens in Basel.» - «Ich weiss. Vergiss nicht, das Missionshaus ist in Basel.» - «Ach so, darum also.» Fru und Martha rührten in ihren Tassen. «War das kein Problem für eine weisse ledige Frau, allein in einem Haus zu wohnen?», fragte Martha. «In einer muslimischen Umgebung wäre das in der Tat ein Problem gewesen, aber nicht bei uns. Dort, wo die Menschen muslimisch geworden sind, siehst du bei Einbruch der Dunkelheit keine Frauen mehr in der Öffentlichkeit, jedenfalls nie ohne Begleitung von Mann oder Bruder. Bei uns kennen wir diese Absonderung der Frauen nicht. Zudem war Cornelia selten allein in dem grossen Haus. Zwar gab es mittlerweile bereits Hotels, doch wenn ausländische Gäste oder kamerunische Kirchenleute zu Besuch kamen, wohnten sie bei Cornelia und ihrem Hausboy. Es war derselbe Hausboy wie bei Mama Elisabeth und Papa Joachim, ein treuer, verschwiegener alter Mann, der sich diskret zurückzog, wenn Cornelia und ich musizierten. Beim Musizieren waren wir beide ein Herz und eine Seele. Cornelia wusste genau, welche Kompositionen sich für Klavier und Cello eigneten. Wir spielten *Le salut d'amour* von Edward Elgar; der Komponist hatte dieses Stück für seine künftige Frau geschrieben.

Bei diesen unvergesslichen Klängen ahnte ich, dass Cornelia meine Frau werden würde. Von Camille de Saint-Saëns hatte es uns der Schwan aus dem *Carnaval des animaux* angetan; der Schwan gilt als der Inbegriff von Cello-Romantik. Wir spielten aber auch Beethoven, die sieben Variationen *Bei Männern, welche Liebe fühlen.* Und wir spielten Sergej Rachmaninows *Vocalise* - ein bisschen traurig und schwermütig, aber sooooo schön zum Verlieben. Wir konnten stundenlang musizieren. Cornelia war und ist meine grosse Liebe. Wir wollten heiraten. Mit diesen Plänen war mein Vater jedoch nicht einverstanden. Die polygame Familie des örtlichen Bierproduzenten und die Familie meines polygamen Vaters, der nun Viehhändler geworden war, hatten beschlossen, dass Fru und Rina heiraten sollten. Mein Vater hatte einen hohen Brautpreis bezahlt, zwei Kühe, und er erwartete, dass sein Reichtum - nach schweizerischen Begriffen ein bescheidener Reichtum - vermehrt würde durch die Produktion von Shaar, dem Hausbier, dessen Herstellung in der Hand der Frauen lag. Rina war eine kundige Shaarbrauerin. Es ist eine sehr unschöne Geschichte. Mein Vater machte mich mit Palmwein betrunken und in meiner Trunkenheit unterschrieb ich den Ehevertrag. Die Falle war zugeschnappt, ich konnte nicht mehr zurück. Dass Cornelia aus Kummer vorzeitig in die Schweiz zurückkehrte, fiel nicht einmal besonders auf. Die Pionierzeit war längst vorbei. Die Schweiz, die durch irische Mönche missioniert worden war, ist ja auch nicht mehr abhängig von Irland. Dass das einmal anders war, erfährt man nur noch aus Namen wie St. Gallen oder Beatenberg - St. Gallen eine Gründung des irischen Mönchs Gallus, Beatenberg die Erinnerung an den Einsiedler Beatus in den Beatushöhlen. Was die irischen Mönche für die Schweiz, sind die Missionare des neunzehnten und zwanzigsten Jahrhunderts für die Länder südlich der Sahara. Die Missionare hatten gute Arbeit geleistet. Bei uns gab es Schulen, Universitäten und Spitäler. Die immer weniger zahlreich einreisenden *Fraternal Workers* wurden zwar weiterhin aus der Schweiz besoldet, sie waren jedoch unsere Angestellten und Mitarbeiter. Katholiken hatten ihre eigenen Bischöfe und wir unsere Moderatoren. Mein älterer Bruder Samuel, das Kind der zweiten Frau unseres Vaters - ich selber bin ein Kind der dritten Frau -, ist eine wichtige Persönlichkeit in der selbständig gewordenen presbyterianischen Kirche Kameruns. Er war ein erfolgreicher Student im *Presbyterian Cameroonian College*; er war unter den achthundert Gymnasiasten als Abiturbester seines Jahrgangs erkoren und mit einem Stipendium für ein Wirtschaftsstudium in England und in der Schweiz belohnt worden. Nun ist er zuständig für die Finanzen unserer Kirche. Als Schatzmeister ist er fast so wichtig wie der Moderator. Er ist derjenige, der das Geld der Kirche verwaltet; er hat den Überblick über Einnahmen und Ausgaben, er entrichtet die Löhne; den Mutterkirchen in der Schweiz, in Deutschland, Grossbritannien und den Vereinigten Staaten legt er die zu unterstützenden Projekte vor, er ist zuständig für den Kirchenbau und er stellt das Geld zur Anschaffung von Autos und Traktoren und landwirtschaftlichen Geräten zur Verfügung. Für die Arbeit in der Kirche braucht es somit immer weniger Weisse. Als die politischen Unruhen in dem einst politisch stabilen Kamerun ausbrachen, legte der Moderator den wenigen Schweizern und Deutschen nahe, das Land zu verlassen. Es bestand die Gefahr, dass die separatistischen Ambaboys sie in Geiselhaft nehmen würden, um von der der presbyterianischen Kirche und der Schweiz Lösegeld zu erpressen. Ich war bereits mit Rina verheiratet, als Cornelia und ich unter Tränen und nach einer letzten heissen Nacht Abschied voneinander nahmen. Die Romanze hatte ein Ende gefunden - ein vorläufiges Ende.»

Fru blickte auf die Uhr. «Für Afrikaner spielt Zeit keine Rolle.» Er grinste so breit, dass man seine schönen weissen Zähne sehen konnte. «Martha, wir sprechen später weiter. Ich habe nun einmal schweizerische geistliche Eltern und Ahnen. Schwarze Menschen müssen die besseren Schweizer sein, also sind wir pünktlich. Ich habe Kochdienst in meiner Familie. Danke für den Kaffee.» - «Aber ich darf doch ...» - «Selbstverständlich darfst du. Ich werde dir meine Lebensgeschichte gerne weitererzählen.» - «Ich kann es kaum erwarten. Ich weiss, dass du heute mit Cornelia verheiratet bist. Das ist alles andere als selbstverständlich. Du warst ja mit Rina verheiratet und Cornelia war in die Schweiz zurückgekehrt. Ich brenne darauf, die Fortsetzung der Liebesgeschichte zu hören. Grüss mir jetzt schon deine Cornelia ganz herzlich. Und entschuldige, ich kann nicht anders ...!» Martha sprang so stürmisch auf, dass ihr Stuhl polternd umfiel. Sie umarmte Fru.

Egusi Soup

Es war ein schmuckes Zweifamilienhaus aus den Dreissigerjahren des letzten Jahrhunderts, in welchem Fru mit seiner Familie wohnte, ein gut gebautes Vorkriegshaus, wie Cornelias Grosseltern mütterlicherseits, denen es ursprünglich gehört hatte, es zu nennen pflegten. Cornelias Eltern waren eingezogen, nachdem ihr Sohn Richard den Bauernbetrieb in Signau übernommen hatte.

Die ersten Krokusse begrüssten Fru, als er durch den kleinen Vorgarten auf das Haus zu schritt. Ndinibam-Tschanz, Fru und Cornelia, Sophia und Julian stand an der unteren Türklingel zu lesen, Emil Tschanz hiess es trocken beim oberen Namensschildchen. Männernamen ohne Erwähnung des Namens der Ehefrau waren so etwas wie ein letzter Gruss des verschwundenen Patriarchats. Fru hatte Emil kennengelernt, als dieser zusammen mit seiner Frau Margareta Tochter Cornelia in Bali-Nyonga besucht hatte. Emil hatte nie erfahren, dass er in Fru seinem künftigen Schwiegersohn begegnet war. Der freundliche alt Bauer würde sich jedoch gefreut haben. Er hatte sich ja auch keineswegs gesträubt, als bereits Sohn Richard eine Kamerunerin geheiratet hatte; er hatte seine Schwiegertochter, die sich zu einer tüchtigen Schweizer Landfrau hatte ausbilden lassen, vielmehr bewundert. Eine dunkelhäutige Bäuerin im Emmental und ein indischer Pfarrer auf der Kanzel der Käsemetropole Langnau, das hätte sich der Dichterpfarrer Jeremias Gotthelf sicher nie vorstellen können. Die grosse Welt war klein geworden, die engen Emmentaler Täler dagegen weit und offen. Aber Emil war kurz vor Frus unerwarteter Ankunft in der Schweiz gestorben.

«Daddy!» Die zwölfjährige Sophia, mit ihren vier kecken Kraushaarbüschelchen auf dem Kopf ein reizender Anblick, warf sich Fru in die Arme. Mit demselben Ruf «Daddy!» folgte der siebenjährige Julian. Beide Kinder waren dunkler Hautfarbe, aber nicht so dunkel wie ihr Papa. Fru herzte seine beiden Kinder, Sophia zupfte er neckisch an den Haarbüschelchen.

«Hattest du einen guten Tag?», erkundigte sich die recht jung aussehende weisshaarige Frau, die hinter den Kindern aufgetaucht war. Margarete Tschanz bot ihrem Schwiegersohn die Wange zu den obligaten schweizerischen drei Küsschen.

Die zwölfjährige Sophia besuchte die Sekundarschule und übte voller Stolz ihre ersten französischen Sätze. Julian war ein frischgebackener ABC-Schütze, als hochbegabtes Kind hatte er jedoch bereits vor Schuleintritt Kinderbücher lesen können. Die Kinder waren zweisprachig. Mit Mama und Papa sprachen sie englisch, mit Grossmama deutsch. In Grossmamas Gegenwart wurde auch mit Papa schweizerdeutsch gesprochen. Deutschfehler von Papa wurden augenblicklich korrigiert und auch über Aussprache und Klang von Frus Berndeutsch wurde streng gewacht. Die *Chuchichäschtliprobe* hatte er längst bestanden. Mehr Mühe hatte ihm der klangliche Unterschied von *Abé* für WC, *Abe* für Abend und *abe* für runter bereitet. Die Kinder hatten ihm unermüdlich den Satz vorgesprochen: «*I bi d'Schtäge-n-abe gheit* - ich bin die Treppe runtergefallen.» Bei seinen ersten Versuchen hatten sie sich vor Lachen fast nicht erholen können. «Falsch, Daddy, du hast gesagt, dass du in die Toilette gefallen bist. Es heisst: *I bi d'Schtäge-n-abe gheit.*» Doch selbst diesen Satz hatte er schliesslich geschafft.

Fru begann auszupacken: Pouletschenkel, das Paket mit dem gefrorenen Spinat, Tomaten und *Egusikerne*. «Heute gibt es *Egusi Soup*», jubelte Sophia. «Mohrenköpfe», kommentierte

Grossmama, als Fru die dunklen Süssigkeiten aus dem Rucksack beförderte. «Schokoköpfe, liebe Schwiegermama», korrigierte Fru augenzwinkernd. «Morenköpfe!», riefen die Kinder. Es war bei den Schokoköpfen immer dasselbe Wortspiel. «Morenköpfe, ohne h! «More» ist das berndeutsche Wort für das Mutterschwein. More hat nichts tun mit rabenschwarzen Mohren.» - «Aha, ihr möchtet, dass es Schweinskopf zum Abendessen gibt.» Es folgte grosser Protest. «Nein, nicht Schweinskopf, *Egusi Soup*! Aber jetzt *Morenköpfe* ohne h!» Grossmama hatte bereits Tellerchen und Gäbelchen für die Schokoköpfe hervorgeholt und kalten Tee in Gläser gegossen. «Oh, ihr habt es lustig und spielt das Schokokopf-Morenkopf-ohne-h-Spiel.» Cornelia war soeben eingetreten. «Ich glaube, ich bin gerade noch rechtzeitig dazugekommen, um das Schokospiel abzubrechen. Kalter Tee ist in Ordnung, aber die Schokoköpfe gibt es nach dem Essen zum Nachtisch.»

Fru rieselte es wonnevoll durch Herz, Seele und Leib. Jedes Mal, wenn er Cornelia nach einigen Stunden der Trennung wieder sah, fühlte er sich wie ein Jungverliebter. «Für mich gibt es etwas tausendmal Besseres als Schoko- oder Morenköpfe ohne h», schwärmte er. Er nahm Cornelia in die Arme und küsste sie lange und leidenschaftlich. Die beiden öffneten ihre Arme und zogen auch die Kinder und Margarete eng an sich heran.

«Grossmama, Vater, Mutter und Kinder, dass sie sich lieben, sieht selbst ein Blinder», deklamierte Margarete zufrieden. Sie hatte einen Hang zur Poesie. Sie liebte ihre Tochter und die Grosskinder, den Schwiegersohn verehrte sie. Wenn er Geburtstag hatte, ging sie eigens seinetwegen zum Frisör. Normalerweise liess sie sich die Haare nur einmal pro Monat machen oder wenn der Pfarrer zu Besuch kam.

«Dann will ich mich mal an die Arbeit machen», meinte Fru, als er nach dem innigen Kuss wieder zu Atem gekommen war. «Daddy ist ein wunderbarer Koch», jauchzte Julian. «Er wäre auch ein guter Pfarrer», erklärte Grossmama aus tiefster Überzeugung.

Zwiebeln brauchte Fru sowohl für die Hirse als auch für die Poulets. Während er sie schälte und hackte, hörte er aus der Stube gedämpft die Kinderstunde, irgendetwas von einer Landmaus, die bei Stadtmäusen zu Besuch war - eine Fernseh-Gutenacht-Geschichte. Bei Familie Ndinibam wurde sowohl die Zeit vor dem Fernseher als auch die Zeit am Smartphone genau bemessen. Die Kinder sollten mit menschlichen Kontakten und echten Freunden aufwachsen, nicht mit tausenden von unbekannten Kindern irgendwo in der Weltgeschichte digitalen Kontakt haben -falls es denn überhaupt Kinderfreunde und -freundinnen waren und nicht Erwachsene, die Ungutes im Schilde führten. Fru schossen die Tränen in die Augen - die Zwiebeln. Auch die Tomaten hackte er in kleine Stücke. Die *Egusikerne* bearbeitete er mit dem Wiegemesser. Der gefrorene Spinat war im Wasserbad bereits aufgetaut. Er würzte die Pouletschenkel mit Salz, Pfeffer und Muskatnuss. In einer Pfanne erhitzte er zwei Esslöffel Palmöl, gab die Pouletschenkel dazu und briet sie an.

In der Stube hatte eine Stadtmaus vergifte Maiskörner gefressen und war gestorben.

Fru gab die Tomaten und den Spinat zu den Pouletschenkeln und liess das Ganze unter reduzierter Hitze sanft köcheln.

In der Stadt wurden die Mäuse von einer Katze verfolgt. Fru hörte Julian rufen: «Schnell zurück ins sichere Loch!»

In einer zweiten Pfanne erhitze Fru zwei weitere Esslöffel mit Palmöl, liess die Hirse einrieseln und löschte mit Gemüsebouillon ab. Nun war auch die Hirse am Einköcheln.

Die Landmaus war nach ihrem Besuch in der Stadt aufs Land zurückgekehrt, dankbar, nicht in der Stadt leben zu müssen, als Fru mit seinen kamerunischen Köstlichkeiten die Stube betrat. Die Kinder hatten den Tisch schön gedeckt und den Himbeersirup bereitgestellt. Die Landmaus verschwand mitsamt blühenden Apfelbäumen vom Bildschirm. Die Familie setzte sich an den Tisch.

«Ich habe grossen Hunger und dermassen Lust auf *Egusi Soup*, dass ich froh wäre, wenn Mama das Tischgebet spräche», meinte Sophia mit flehendem Blick. «Daddy hat dem lieben Gott immer so viel zu erzählen und für so vieles zu danken, und bis er auch noch an alle Flüchtlinge, die es auf der Welt gibt, gedacht hat und wir endlich essen können, bin ich längst verhungert.» Alle lachten. Fru sprach trotzdem das Dankgebet, ein ganz kurzes, gefolgt von Grossmamas gewohntem Ausspruch: «Euer Papa wäre ein guter Pfarrer geworden.» Dann griffen alle herzhaft zu.

Die dumme Spinne

Margarete Tschanz hatte sich in den oberen Stock verzogen. Sophia würde ihr nach dem elterlichen Nachtritual folgen, sie hatte ihr Zimmer bei Grossmama, doch jetzt genoss sie das Familienschmusen im grossen Doppelbett von Daddy und Mamsy, die Eltern noch in den Kleidern, die Kinder gewaschen und mit geputzten Zähnen in ihren Pyjamas, eng an Daddy und Mamsy geschmiegt. Später, wenn Julian schlief, würde Daddy ihn in sein eigenes Bubenbett tragen, doch jetzt war Schmusezeit im Doppelbett. In solchen Liebkosestunden hatte Fru das Wort *chräbele* gelernt. Daddy und Mamsy pflegten den Kindern den Rücken zu *chräbele* und dazu eine Geschichte zu erzählen. Mamsy erzählte Märchen von den Gebrüdern Grimm: Rotkäppchen, der Wolf und die sieben Geisslein, Aschenbrödel, Schneewittchen, das tapfere Schneiderlein. Daddy hielt sich an afrikanische Märchen, meist solche von Tieren, Märchen aus verschiedenen Ländern oder Märchen, die er oder sein Bruder frei erfunden hatten. Was Fru an diesem Abend erzählen würde, war ihm beim Abendessen klar geworden, als die Kinder eine Spinne beobachtet hatten, die an der Wand emporkroch. «Nicht töten!», hatte Fru gerufen, als Grossmama zu einem Schlag mit der Serviette hatte ausholen wollen. Daddy kannte die Geschichte der Spinne; er hatte sich vorgenommen, sie beim Bettritual zu erzählen.

Fru fühlte, wie sich Sophia und Julian an ihn schmiegten. An diesem Tag war Julian der Glückliche, der zwischen Daddy und Mamsy liegen durfte. Es wurde immer abgewechselt. Fru fühlte sich selber wieder als kleines Kind, nicht in einem weichen europäischen Bett, sondern auf einer schlichten Lagerstatt, die Arme voll Vertrauen um den klugen älteren Bruder geschlungen.

Samuel war sein grosser Lieblingsbruder, der Sohn von der andern Mutter, der Sohn der zweiten Frau des Vaters. Fru selber war ein Kind der dritten Frau. Wenn der Vater zur Erfüllung seiner ehelichen Pflichten die Hütte einer Ehefrau besuchte, wurden die Kinder aus diesem Haus angehalten, die Nacht bei einer anderen Mutter und bei anderen Geschwistern zu verbringen. Wenn Mama Falake in den Genuss einer Liebesnacht kam, begab sich der kleine Fru regelmässig in das Haus von Mama Zendaya und legte sich auf die Lagerstatt seines Lieblingsbruders. Die Geschichte von der dummen Spinne, welche Fru Sophia, Julian und Cornelia im gemütlichen Doppelbett unter Liebkosungen erzählte, war eine von Samuels erdichteten Geschichten. Fru gab Sophia einen zärtlichen Kuss, kraulte Julians Rücken und begann zu erzählen.

«Es war einmal eine liebevolle Mutter. Sie hatte für ihr werdendes Kind ein wunderbares Kinderzimmer gewoben. Ihr habt richtig gehört: Sie hatte ein Kinderzimmer gewoben. Die Mutter war nämlich eine Spinne. Als Spinne wusste sie, dass ihr Kind ohne Mutter aufwachsen würde. Daher musste sie das Kinderzimmer so solid weben und auspolstern, dass es dem Kind selbst bei brennender Hitze oder klirrender Kälte wohl sein würde. Man nennt dieses Kinderzimmer Kokon. Das kleine Kindlein in einem Ei im Kinderzimmer hatte keine Ahnung, dass sein Kokon an den Zweigen eines Baumes hoch in den Schweizer Bergen hing, wo es im Winter sehr kalt war. (Samuel, für den die Schweiz ein Traumland war, liebte es, seine Geschichten in der Schweiz stattfinden zu lassen.) Das Spinnenkindlein fühlte sich wohl und warm. Draussen tobte ein furchtbarer eisiger Sturm. Für das Spinnenkind in der mütterlichen Kokon-Geborgenheit fühlte es sich an wie ein sanftes warmes Geschaukelt-Werden in der liebenden Hand von Vater Wind. Wind kann man nicht sehen, und auch die Mutter, die das Kinderzimmer gewoben und das werdende Kindlein mit wunderbaren Fähigkeiten ausgerüstet hatte, war unsichtbar geworden. Eines Tages erwachte das Kindlein in seiner Wiege und stand auf. Es klopfte an die Kinderzimmertür. Diese öffnete sich geheimnisvoll. Draussen roch es nach Frühling. Die fürsorgliche Mutter hatte dem Kindlein das Wissen eingepflanzt, dass es für sich selber sorgen müsse, doch eine letzte mütterliche Mahlzeit lag noch in der Wiege. Das Spinnlein labte sich an dem Eivorrat. Nach der Mahlzeit fühlte es sich stark. Als es das Kinderzimmer verliess, bemerkte es, dass es durch einen dünnen Faden, den es hinter sich herzog, mit dem Kokon in Verbindung blieb. Es stellte fest, dass es diesen Faden durch Tröpflein, die aus seinem Hinterteil flossen, selber hergestellt hatte. Die Tröpflein konnte es am Ausfliessen hindern oder weit von sich schleudern. Wenn es sie wegschleuderte, verwandelten sie sich in einen silbernen Faden. Das Schleudern gefiel ihm. Es schleuderte ein Tröpflein ganz besonders weit. Der Faden wurde von Vater Wind an einen anderen Ast getragen. Das Spinnlein konnte sich auf dem Faden wie eine Seiltänzerin hin und her bewegen. Das war ein begeisterndes Erlebnis! Mitten auf seinem Faden stehend schleuderte es voller Lust weitere Tröpflein nach oben und nach unten. Es entstand so etwas wie ein radförmiges wunderschönes Netz, in welchem bei Sonnenlicht Tautröpfchen funkelten. Das Spiel mit dem Faden hatte das Kind hungrig gemacht. Befand es sich in einem Schlaraffenland? Da klebte doch summend und zappelnd ein feiner Braten im Netz, ein leckeres Mücklein. Das Kindlein eilte zu dem Braten und stillte seinen Hunger. Es kamen weitere kleine oder sogar grosse Braten durch die Luft geflogen. Das Kindlein konnte unmöglich alle auf einmal aufessen. Also baute es mit seinen Fäden Vorratskammern. Als es noch klein war, wusste das Spinnlein genau, dass alles, was es zustande brachte, zwar sein Tun, aber ursprünglich das Geschenk einer unsichtbaren Mutter und eines unsichtbaren Vaters war. Als die Spinne gross war, wurde sie dick und selbstzufrieden. Wenn sie auf ihren Wanderungen durch das Netz an den ursprünglichen Kokon und Faden kam, den sie nicht selber gewoben hatte, schüttelte sie missbilligend den Kopf. 'Dieses Zeug stammt nicht von mir', brummte sie eines Tages, 'fort damit!' Mit einem Biss zertrennte sie den Urfaden. Als sie das tat, fiel das ganze wunderbare Netz zusammen.»

«Tolle Geschichte», meinte Julian und begann nun seinerseits, Daddys Rücken zu kraulen. «Wenn ich gross bin, will ich es jedenfalls nicht so machen wie diese dumme Spinne, die alles zerstört hat, sogar alles, was sie selber kunstvoll aufgebaut hatte, weil sie ihre Herkunft nicht geachtet hat. Ich bin froh, dass Onkel Samuel dir diese Geschichte erzählt hat. Ist Geschichten erzählen sein Beruf? Ist er Pfarrer? Er arbeitet ja für die Kirche.» - «Nein, er ist nicht Pfarrer, er ist *Treasurer of the Presbyterian Church in Cameroon.*» - «Was ist ein *Treasurer*?», wollte Julian wissen. «Der *Treasurer* macht mit dem Geld für die ganze Kirche das, was Papa und Mama für die Familie machen. Wir kaufen Lebensmittel ein, wir reparieren das Haus, wenn ihr Kinder Kleider nötig habt, kaufen wir die Kleider, wir geben euch Taschengeld, damit ihr lernt, mit dem Geld umzugehen. Das Taschengeld ist eine Art Lohn.» - «Braucht es einen *Treasurer*, damit Daddy für das Tramfahren Lohn bekommt und Mamsy den Lohn als Hauswirtschaftslehrerin?» - «Richtig, Julian.» - «Gibt es im Bundeshaus auch einen *Treasurer*?» - «Ja, die *Treasury* im Bundeshaus ist das Finanztemperament.» - «Daddy», protestierte Sophia und richtete sich im Bett auf. «Das hast du wieder falsch ausgesprochen, es heisst nicht Temperament, sondern Departement. Ich weiss sogar, welcher Bundesrat für das Finanzdepartement zuständig ist. Er heisst Ueli Maurer.» - «Nicht mehr», belehrte Daddy, «dieses Temperament hat jetzt Bundesrätin Karin Keller-Sutter.»

Julian gähnte. Ihm war egal, ob Ueli Maurer oder Karin Keller-Sutter ein Temperament oder ein Departement hatten. «Mamsy, Daddy, sind schwarze Menschen die besseren Schweizer?», fragte der Kleine unvermittelt. Die Eltern mussten lachen. «Wie kommst du auf so etwas?», fragte Cornelia. «Schweizer kennen keine so schönen Geschichten wie Onkel Samuel von Spinnen.» - «Vielleicht kennen Schweizer nicht Geschichten über Spinnen, dafür aber über Wölfe und Geisslein, und das schöne Märchen von den sieben Raben, das ich euch immer wieder erzählen muss?» - «Ja, Mamsy, erzähl uns das Märchen von den sieben Raben!» - «Nein, jetzt wird gebetet und geschlafen.» - «Daddys *Ramseiers-wei-ga-grase*-Gebet», wünschte sich Julian. «Du bist wie die Spinne ein dummer kleiner Bruder.», spottete Sophia, «*Ramseiers wei ga grase* ist gar kein Gebet. Früher sprach Daddy noch kein Deutsch und glaubte deshalb, dass *Ramseiers wei ga grase* ein Gebet sei.» - «Das weiss ich doch, aber es gefällt dem lieben Gott vielleicht trotzdem, wenn wir ihm *Ramseiers wei ga grase* singen. Das wäre doch eine Abwechslung zu den langweiligen Kirchenliedern, die er sich immer wieder anhören muss; jeden Tag tausende von Kirchenliedern!» - «Du kannst es ihm irgendeinmal singen, doch jetzt wird richtig gebetet», ordnete Fru an. «Bitte, bitte, wenn schon nicht *Ramseiers wei ga grase,* dann aber heute das Vaterunser auf Mungaka. Das gefällt Gott aus der Schweiz sicher ganz besonders.» Damit waren die Eltern und auch Sophia einverstanden. Zu viert beteten sie:

Ba yu', yi,u ku nindòn a
Unser Vater im Himmel

Ti ndze bun ngomti tu
Dein Name werde geheiligt

Numfon u nto
Dein Reich komme

Ba-masi ndzu' ntu' bu ndzo ba-kunidoi
Dein Wille geschehe wie im Himmel, so auf Erden

Nunfon u nto
Unser tägliches Brot gib uns heute

Bu kedzu, a kn'ni mbo bu ndio a ngwa fanna bu
Und vergib uns unsere Schuld, wie auch wir vergeben unseren Schuldigern

Bu' se wa' my nun, bun lo' mfan mbo bu' a
Und führe uns nicht in Versuchung

Ku bim bu va Satan bo
sondern erlöse uns von dem Bösen

Ndunu yu' ni nu mbukad mbi' u mfon ntun ntswe'ni nkanin a. Amen.
Denn dein ist das Reich und die Kraft und die Herrlichkeit in Ewigkeit. Amen.

Beim Amen versank Julian bereits in einen tiefen Schlaf. Seine hübsche Schwester mit den vier kecken Kraushaarbüschelchen war noch hellwach, ***bright eyes and bushy tail***, wie Mamsy diesen Hellwachzustand nannte. Munter schlüpfte sie in ihre Pantöffelchen, gab Mamsy und Daddy einen letzten Gutnachtkuss und eilte im Pyjama hinauf zu Grossmama in ihr Mädchenzimmer. Den Sohn trug Fru ins Bubenzimmer, legte ihn ins Bett und drückte ihm den geliebten Kuschelteddy in die Arme.

Ein Telefongespräch

Der Sommer war ins Land gezogen. Ein wunderschöner Samstagmorgen, Fru hatte frei, sie sassen beim Frühstück, ohne Grossmama. Als Bäuerin hatte sie immer früh aufstehen müssen, sodass sie jetzt in der Stadtwohnung die Morgenstunden im Bett ausgiebig genoss.

«Die blaue Anna wird dich heute vermissen.» Sophia lächelte ihren Papa an.

Fru war stolz auf seine hübschen Kinder: Sophia mit ihren blitzend weissen Zähnen in einem dunklen und doch leuchtenden Gesicht, genau wie Papa, dazu Mamas ebenmässige Züge und die vier kecken Kraushaarbüschelchen auf dem Kopf, die Daddy so liebte. Auch Julian war ein hübscher Junge, mit dem lausbubenhaft breiten Näschen des Bali-Nyonga-Opa und den tiefschwarzen Augen fast afrikanischer als seine Schwester, aber er hatte zugleich den treuherzigen Blick von Emil Tschanz.

«Die blaue Anna wird mich eine ganze Woche lang nicht sehen», antwortete Fru. «Ich habe nächste Woche Dienst auf der Linie neun im gelben YB-Tram.» - «Nächste Woche ist das Fussballspiel YB-FC Basel», warf Julian eifrig ein. «Ich weiss», seufzte der Vater. «Hoffentlich geht alles gut», meinte Cornelia und rührte Sophia eine zweite Tasse Ovomaltine an. «Vor einem Jahr haben die unterlegenen Basler dein Tram in Brand gesteckt.» - «Die Spieler können nichts dafür», Sophia genehmigte sich einen Schluck Ovomaltine, «sie haben fair gespielt.» - «Haben sie nicht», widersprach Julian heftig und leckte an seinen Konfitürefingern. «Ein Basler Spieler hat einen YB-Spieler angespuckt. Die Basler haben verloren, weil sie nicht genug schwarze Spieler haben. Die schwarzen Fussballer sind eben die besten Spieler und folglich auch die besseren Schweizer.» - «Bin ich keine gute Schweizerin?», fragte Cornelia. «Ich bin weiss - Julian, wisch dir den Mund ab, du hast überall Konfitüre.» - «Du bist nicht weiss, Liebling», grinste Fru, «du hast bloss weisse Haut, aber deine Seele ist rabenschwarz.» Die Kinder verschluckten sich vor Lachen. «Wir sind schwarz mit einer weissen Seele!»

Frus Handy summte. «Samuel! Ich wollte dich auch gerade anrufen. Wie geht es unseren Müttern? - Was macht unser Papa? - Seine Rheumaschmerzen haben zugenommen? Der Arme. Will er immer noch kein Handy? - Seine Sprechtrommeln tönen leider nicht bis in die Schweiz. Wir lassen den lieben sturen alten Mann grüssen. - Wo bist du? In Duala? - Was führt dich ausgerechnet in den französischen Teil des Landes? Du weisst doch, wie gefährlich das ist, vor allem bei der Rückkehr. Die Ambaboys rächen sich an allen, die sich mit den staatlichen Instanzen im Osten verbinden. - Aha, Kirchenkonferenzen dulden sie. Na gut, aber pass trotzdem gut auf. Nicht dass es dir so geht wie mir. Du bist der *Treasurer*, du hast mit Geld zu tun, du bist erpressbar. Nicht dass die Kirche Lösegeld bezahlen muss. - Uns geht es gut. Wir machen heute einen Ausflug auf der Aare, mit dem Schlauchboot von Thun nach Bern. Dieses Vergnügen kennst du ja aus deiner Studienzeit in der Schweiz. Die Kinder sind ganz aufgeregt. - Und du bist immer noch ledig? - Doch, das verstehe ich, dass du in diesen schwierigen Zeiten keine Familie gründen willst und die Kinder dann plötzlich ohne Eltern dastehen. - Cornelia macht Handzeichen. Sie will dich etwas fragen. Ich verabschiede mich. *Nyikob beb* - Gott behüte dich.»

Fru reichte Cornelia sein Handy. «Es ist gut, deine Stimme zu hören, Samuel. Dass die Ambaboys die Kühe beschlagnahmt haben, tut mir leid, aber Hauptsache, ihr seid alle am Leben. Ist die Voltarensalbe für Papa angekommen?» Cornelia begann zu lachen. «Soso, ich soll ihm lieber Toblerone schicken, die sei für sein Rheuma genauso gut wie Voltaren. - Und haben die Ambaboys keine von deinen Brüdern und Schwestern entführt? - Da bin ich froh. - Und Papa hat dich noch nicht gezwungen, eine von ihm ausgesuchte Frau zu heiraten? - Ah, das macht er seit Fru nicht mehr. - Was du nicht sagst, die *Reverends* behandeln ihn und seine Frauen jetzt als Nikodemiten? Und was sollen Nikodemiten bitte schön sein? - Moment mal, das muss Fru auch hören.» Cornelia schaltete das Handy auf laut, sodass alle im Zimmer Samuels Stimme vernahmen. «Der Pharisäer Nikodemus kam bei Nacht und Nebel zu Jesus, niemand durfte es wissen. Nein, taufen wird unser *Reverend* den alten Patriarchen und seine Frauen nicht, aber er wird ihnen insgeheim das Abendmahl bringen. Offiziell darf es niemand wissen, auch in Basel nicht. Aber man kann die alten Polygamisten doch nicht vom Abendmahl ausschliessen, schliesslich sind sie treue Kirchgänger. Polygamie wird mit den jungen Generationen ohnehin aussterben. Früher war sie ein Zeichen des Reichtums; man brauchte Frauen und Kinder zur Arbeit auf den Feldern, doch jetzt, wo die Kinder in die Schule gehen, wird es zu teuer, so viele Frauen und Kinder zu haben. Die Zeiten ändern sich.» - «Ja, sie ändern sich. Entschuldige, lieber Schwager, Sophia steht neben mir und reisst mir fast das Telefon aus der Hand. Pass gut auf dich auf. *Nyikob beb.*»

Cornelia reichte das Telefon ihrer Tochter weiter. «Onkel Samuel, du solltest unbedingt ein Buch mit deinen Märchen herausgeben. Daddy hat uns letzte Nacht wieder eines deiner Märchen erzählt.» - «Tatsächlich, hat er das? Welches Märchen denn?» - «Das Märchen von der dummen Spinne.» - «Ja, das ist eines meiner besten Märchen, brandaktuell. In Kamerun bricht das schöne Netz gerade zusammen. Dabei könnte Kamerun ein reicher, erfolgreicher Staat werden, aber das wird jetzt alles kaputt gemacht. Ihr habt es gut in der Schweiz mit euren drei Sprachen.» - «Vier Sprachen, Onkel Samuel, bei uns sind es vier Sprachen.» - «Bei uns sind es 230 Sprachen, liebe Sophia, aber bekämpfen tun wir uns wegen zwei europäischen Sprachen. - Gibst du mir noch deinen kleinen Bruder ans Telefon?» - «Das ist nicht gut möglich, Onkel Samuel, Mamsy ist mit ihm ins Badezimmer verschwunden und unterzieht ihn einer gründlichen Reinigung. Er hat alles mit Konfitüre verschmiert.» - «Na dann. Ich muss mich auch aufmachen. Wir werden heute vom Präsidenten von ganz Kamerun empfangen, wenn man von ganz Kamerun überhaupt noch reden kann. Geniesst die Fahrt auf der Aare. Küsschen, schöne Nichte, *nyikob beb*.» - «*Nyikob beb*, Onkel Samuel. Und schaff dir ein moderneres Telefon an, eines, auf dem wir dich sehen können. Du bist schliesslich ein fast so schöner Mann wie mein Daddy. *Nyikob beb*.»

Mit diesem *God bless you* auf Mungaka war das Telefongespräch beendet. Cornelia erschien mit dem entkonfitürisierten Julian im Zimmer. Daddy hatte bereits vor dem Frühstück alles aaregerecht gepackt, das Schlauchboot, die Luftpumpe, die Paddel, das blaue Fass für das Grillierzeug und die Kleider; vor allem die Schwimmwesten durften nicht vergessen werden. Mamsy würde Daddy und die Kinder mit dem Auto nach Thun fahren und sie dann im Berner Eichholz wieder in Empfang nehmen. Alles war bereit. Sie konnten aufbrechen.

«Halt», rief Fru, gerade als sie das Haus verlassen wollten, «fast hätte ich vergessen, was ich jeden Samstag tue.» Er trat zu der Neuenburger Pendule an der Wand. Ohne die kräftigen

Drehungen mit dem Schlüssel, die jede Woche nötig waren, würde sie bis am Abend stehen bleiben. Fru fühlte sich als echter Schweizer, als er die Pendule aufzog. Cornelia lächelte. «Schweizer haben Uhren», kommentierte sie, «Afrikaner haben Zeit.»

Wie das Zebra zu seinen Streifen kam

Sie waren nicht die einzigen, die sich kurz nach dem Ausfluss der Aare aus dem Thunersee etwas unterhalb der Thuner Altstadt für das grosse Vergnügen bereitmachten. Frauen, Männer, Kinder und Jugendliche waren damit beschäftigt, ihre Boote bereitzustellen, die einen mit eigenen Fusspumpen, die anderen machten vom Angebot eines älteren Herrn Gebrauch, der zur Aufbesserung seiner Pension mit einer elektrischen Schnellpumpe leere Gummihüllen für zwei Franken in Sekundenschnelle zu stattlichen Booten anschwellen liess. Neugierig beobachteten die angehenden Flussfahrer die weisse Frau, die ihren dunkelhäutigen Gatten und ihre schönen schokoladebraunen Kinder liebevoll mit Sonnenschutzmittel einrieb, bevor sie die Schwimmwesten anzogen. Auch dunkle Haut braucht Sonnenschutz. Für die Kinder war es die erste Aarefahrt ihres Lebens. Julian, obwohl bereits ein guter Schwimmer, war das Ganze auf einmal nicht geheuer. Das hätte er zwar nicht zugegeben, doch er insistierte, das Boot mit der Fussdruckpumpe aufblasen zu dürfen. Das verzögerte die Fahrt immerhin um einige Minuten, doch endlich war auch ihr Boot fahrbereit. Mamsy gab ihren Lieben einen Kuss, Daddy liess zuerst Julian einsteigen, gefolgt von Sophia, dann schwang auch er sich ins Boot und stiess es mit seinem Paddel vom Ufer weg. Sophia platzierte er zwischen seinen Beinen, Julian zwischen Sophias Beinen. Der Bub hielt ängstlich den Atem an, als das Boot von der Strömung erfasst wurde - die Aare ist ein schnell fliessendes Gewässer. Doch dann schien ihm das Abenteuer doch eher gemütlich zu sein und mit einem Jauchzer holte er sich seinen Bubenmut zurück. Cornelia folgte dem Boot am Ufer im Laufschritt noch ein paar Meter, doch dann blieb sie stehen und winkte.

Dass eine Schlauchbootfahrt auf der Aare ein besonderes Erlebnis ist, ist in der ganzen Schweiz bekannt. Auf der Aare hört man oft Französisch. Die Westschweizer lieben ihre grossen stillen Seen, aber sie haben durchaus auch Lust auf eine zügige Flussfahrt durch eine zauberhafte Auenlandschaft mit Blick auf das Bergpanorama und das Bundeshaus, das einem am Schluss direkt vor den Augen steht. Die Paddel brauchten Fru und die Kinder nicht, um vorwärtszukommen, sondern um die Richtung zu ändern. Allzu nah wollte Fru dem Ufer nicht entlangtreiben, da konnten einem die Äste der Bäume in die Quere kommen. Julian hatte sich längst entspannt. Nun geriet aber Fru in eine gewisse Spannung. Sie näherten sich der Uttiger Eisenbahnbrücke. Es gab Menschen, die sich erst nach dieser Brücke in die Aare wagten, weil die Aare dort übermütige Sprünge macht. Auf ihren Übungsfahrten waren die Eheleute an dieser Stelle auch schon aus dem Boot geschleudert worden und hatten es schwimmend und unter Gelächter wieder einholen müssen. Doch dann hatte Fru herausgefunden, dass der Fluss die wildesten Sprünge rechts der Mitte machte, sich jedoch links der Mitte ruhiger verhielt. Die Kinder waren gut vorbereitet. Sie wussten, dass ihnen dank Daddy, ihrer eigenen Schwimmkunst und den Schwimmwesten nichts Schlimmes widerfahren würde. Eben kam die Brücke in Sicht, der Zug Basel-Interlaken donnerte über die Aare. Der Fluss warf fröhlich rauschend hohe Wellen. Fru lenkte das Boot nach links, es hob und senkte sich. Sie sahen und hörten, wie andere Flussfahrer rechts von ihnen unter Lachen und *O-mon-Dieu*-Rufen im Wasser landeten. Daddy schnappte eines der leeren Boote und schob es mit dem Paddel dem Westschweizer Paar zu, das prustend neben ihnen auftauchte. «*Merci beaucoup*», bedankten sich die beiden und kletterten wieder in ihr Boot. Die Fahrt ging nun ruhiger weiter. Junge Männer überholten Fru und die Kinder; sie tranken Bier und hörten laute Musik. «Die Burschen sind erst nach der Brücke in die Aare eingestiegen», stellte Sophia richtig fest, «sonst hätten sie ihren Apparat im Wasser verloren.» Da die Musikhörenden es eilig hatten und wie wild paddelten, verflüchtigte sich mit ihnen auch die Musik. «Vorsicht, ein Ast!», rief Fru und lenkte das Boot mit Paddelschlägen wieder in die Mitte. Am Ufer stand zwischen den Bäumen ein Reh und blickte ihnen nach. «Wie ruhig es jetzt ist», stellte Sophia fest, «abgesehen von dem stillen Plätschern und Murmeln der Aare.» - «Daddy, erzählst du uns die Geschichte von dem Reh, das uns nachblickt?», bat Julian. «Nein, ich werde jetzt keine Geschichte über dieses hübsche Reh erfinden», meinte Fru, «denn es gibt eine wunderschöne Samuel-Geschichte, wie das Zebra zu seinen Streifen kam.»

Immer wenn der Name Samuel fiel, stand der ältere Bruder zwar nicht sichtbar, aber fühlbar neben Fru. Für ihn war Samuel wichtiger als der Vater. Fru hatte Ngwa als Erzeuger und Familienoberhaupt geachtet und ihm sogar gehorcht, als er ihm befohlen hatte, eine einheimische Frau zu heiraten. Ngwa war ein guter Mann, der seinem Vierfrauenhaushalt mit der grossen Nachkommenschar gut vorstand, doch Frus eigentlicher Vater, den er liebte und verehrte, war der ältere Bruder. Am Morgen vor dem Aareausflug hatten die beiden noch miteinander telefoniert, jetzt hatte er selber ihn erwähnt, und wiederum fühlte er Samuels Gegenwart, jetzt auf der Aare stärker denn je. Wahrscheinlich war er besorgt um seinen Bruder, der in Duala vom Präsidenten empfangen worden war und sich vermutlich bereits auf dem Rückflug nach Westkamerun befand. Drohte seinem Bruder vielleicht Gefahr?

«Daddy, du wolltest eine Zebrageschichte von Onkel Samuel erzählen.» Julians Stimme holte Fru in die Wirklichkeit zurück. Er lächelte. «Augenblick, junger Mann, lass uns zuerst die nächste Brücke hinter uns bringen. Es ist wichtig, das Boot mit dem Paddel nach rechts gleiten zu lassen, damit wir genau zwischen den Brückenpfeilern hindurchgetrieben werden. Und schaut euch diese dummen Jugendlichen an, die vier Boote mit Seilen aneinandergehängt haben. Dass ihr mir das ja nie macht, wenn ihr später einmal allein auf der Aare unterwegs seid! Wenn die Boote sich an den Pfeilern verheddern, wird es lebensgefährlich. Gott sei Dank, es ist bei ihnen gerade noch gut gegangen.» - «Daddy, hast du jetzt gerade für diese Burschen und Mädchen gebetet?», fragte Sophia. «Ja, mein Augenstern, das habe ich.» Frus Herz pochte immer noch heftig, aber wusste nicht, ob es Samuels oder der gedankenlosen jungen Leute wegen war.

«Schaut einmal diese mächtigen Wirbel bei den Pfeilern», rief Julian beeindruckt. Nun waren auch sie unter der Brücke durchgekommen, schön zwischen den Pfeilern hindurch im richtigen Abstand zu den unheimlichen Wirbeln. Die Zebrageschichte konnte beginnen.

«Im fernen Asien gab es einmal ein junges weisses Pferd mit dem schönen Namen Abendstern, das fröhlich mit anderen weissen Pferden auf saftigen grünen Wiesen herumtollte. Doch es kamen Tage, Wochen und Monate, in denen die Sonne immer heisser schien und kein Regen fiel. Der Boden wurde hart wie Stein und das Gras braun, trocken und wertlos. Die weissen Pferde hörten auf zu spielen. Sie berieten, was zu tun sei. 'Wir müssen auswandern', beschlossen sie, 'aber nicht alle zusammen in dieselbe Richtung, für so viele Pferde gibt das trockene Gras nicht genügend her. Wir müssen uns einzeln auf den Weg machen und hoffen, dass das eine oder andere Pferd es bis in ein neues grünes, wasserreiches Land schafft.' Sie wieherten einander ein letztes Mal traurig, aber auch ermutigend zu und machten sich auf den Weg - jedes für sich allein. Abendstern folgte, wie sein Name sagt, seinem Himmelsbegleiter in den Westen. Es war eine beschwerliche Reise mit fast nichts im Magen. Bei ausgetrockneten Flüssen musste das weisse Pferd lange scharren, bis es auf einige Resttropfen Wasser stiess. Wie mochte es wohl seinen Freunden ergehen? Lebten sie noch oder waren sie verhungert und verdurstet? Eines Tages gelangte Abendstern an ein grosses Wasser. Begierig tauchte er sein Maul in das kühle Nass. Doch, oh Schreck, er zog es augenblicklich zurück. Das Wasser war salzig.»

Beim Wort salzig tauchte Julian seine zur Schale gewölbte Hand ins Wasser und führte sie an den Mund. «Vom Aarewasser könnte Abendstern ohne weiteres trinken», verkündete er laut. «Unterbrich Daddys Geschichte nicht», wies ihn die Schwester zurecht. «Onkel Samuels Geschichte», korrigierte Julian.

«Das muss das Meer sein, stellte Abendstern fest. Da das Meer zwischen Asien und Afrika nicht sehr breit ist und das weisse Pferd gute Augen hatte, konnte es in der Ferne eine Küste erkennen. Es nahm allen Mut zusammen und sprang ins Wasser. Eigentlich hätte es sich gerne gefreut, als auf einmal der Himmel dunkel wurde, Wind aufkam, Blitze zuckten, Donner rollte und der lang ersehnte Regen herabrauschte. Aber diese Wellen! Es ging um Leben und Tod! Doch Abendstern schaffte es. Als er zitternd und mit letzter Kraft aus dem Meer stieg, klärte sich der Himmel, die Sonne brach durch. Zum ersten Mal seit Wochen befand er sich in hohem saftigem Gras. Er stillte seinen Hunger und seinen Durst. Nachdem die körperlichen Bedürfnisse befriedigt waren, meldete sich die Seele des jungen Pferdes. Es fühlte sich allein. Wo mochten seine Freunde und Freundinnen sein? In dieser seelischen Not drang plötzlich fröhliches Hüpfen und Getrampel an sein Ohr. Waren das die anderen weissen Pferde? Nein, es waren andere Tiere, die es lustig hatten und miteinander spielten, einige mächtige graue Lebewesen mit riesigen Ohren und einem Rüssel, andere mit lustig geflecktem Körper und einem unendlich langen Hals, noch andere mit krummen Hörnern, ein paar dicke mit einer gewaltigen Nase hart wie Holz. Ein ganz besonderes Tier hatte eine dichte Mähne und wurde von den anderen mit 'König' angesprochen. Nach so langer Zeit der Einsamkeit wollte Abendstern gerne mitspielen. Er hüpfte hoffnungsvoll mitten in das muntere Treiben. Doch die Spielgruppe wollte nichts von dem weissen Pferd wissen. 'Weisse gehören nicht in unsere bunte Welt', riefen sie. Der Mähnenkönig fletschte die Zähne: 'Jetzt kommen die Weissen und wollen uns alles wegfressen.'»

«Kolonialismus», kommentierte Sophia klug die Äusserungen der afrikanischen Tiere, «mit den alles fressenden Weissen hat Onkel Samuel bestimmt an die Länder gedacht, welche Kolonien hatten.» Sie winkte einigen Spaziergängern zu, die ihrem Boot nachblickten. «Jetzt unterbrichst *du* die schöne Geschichte», tadelte der kleine Bruder die Schwester, «zudem hatten wir Schweizer keine Kolonien.» - «Nein, hattet ihr nicht», meinte Fru - er sagte auffälligerweise *ihr* Schweizer, nicht *wir* Schweizer -, «Kolonien hattet ihr nicht, aber wisst ihr, wie sich euer Vater gefühlt hat, als ich auf meiner Flucht endlich in der Schweiz ankam in der Annahme, in einer Art Heimat zu sein?» - «Sie haben dich in eine Zivilschutzanlage gesteckt», erinnerte sich Julian an Erzählungen. «Ja, ich Naturkind, der ich nur in kleinen Hütten und oft einfach draussen gelebt hatte, befand mich auf einmal tief unter dem Boden!» - «Aber dann sind Mamsy und ich gekommen.»

Sophia strahlte. «Ja, dann seid ihr gekommen, Mamsy und du.» Fru küsste sein Töchterchen zärtlich. «Ich habe damals noch nicht gelebt», meinte Julian bedauernd. «Nein, du warst noch nicht da, mein Liebling.» Fru reckte sich über Sophia und gab auch Julian einen Kuss. «Armer schwarzer Daddy, armes weisses Pferd!» Sophia wurde zwischen den Vater-Sohn-Küssen fast erdrückt und bewegte sich heftig. Das Boot kam dabei arg ins Schaukeln. Alle drei brachen in Gelächter aus. «Wie geht es weiter mit Abendstern?»

«Die afrikanischen Tiere wollten nicht mit ihm spielen. Der graue Dicke drehte sich um und streckte Abendstern verächtlich seinen riesigen Aaaaaaa.... entgegen.» - «Arsch», grinste Julian. «Das Braungescheckte blickte aus grosser Höhe abweisend auf den weissen Eindringling herab. Der Koloss mit der gewaltigen scharfen Nase stampfte ihm drohend entgegen und die Gehörnten senkten angriffsbereit ihre Köpfe. Abendstern floh ins hohe Gras. Da stand er nun, einsam, verzweifelt und zitternd zwischen saftigen Halmen. Am Himmel strahlte die Sonne, ihr Licht liess die Schatten der Halme wie Streifen auf das weisse Pferde fallen. Abendsterns Verzweiflung war so gross, dass die schattigen Streifen sich schliesslich erbarmten und beschlossen, auf Abendsterns Leib zu bleiben. Er frass sich mit dem saftigen Gras Mut an und wagte einen neuen Versuch. 'Wow', jauchzten die Spielenden jetzt, 'du bist ja gar nicht weiss, wie wir gemeint haben, du darfst mitspielen.'»

«Man nennt das Integration, nicht wahr, Daddy, wenn man mitspielen darf», meinte Sophia nachdenklich. «Ja, mein Herzchen, das ist Integration.» - «Julian und ich, wir sind gut integriert, Daddy, gell, wir sind zwar nicht gestreift wie Zebras, aber doch auch irgendwie weiss mit dunklen Daddy-Streifen und Kraushaar.» - «Und unser Daddy ist schwarz mit weissen Streifen, wenn er auf dem Klavier europäische Musik spielt», ergänzte Julian die Feststellung seiner Schwester mit lausbübischem Grinsen.

«Schaut», unterbrach Fru die kindlich-philosophischen Gedanken, «da ragt ein Damm wie ein Arm in die Aare und bildet einen geschützten kleinen See, ideal zum Schwimmen, und am Ufer können wir Feuer machen und unsere Cervelats bräteln.» Mit kräftigen Paddelschlägen brachten sie ihr Boot in den ruhigen Bereich. Eine Schar Enten machte ihnen bereitwillig Platz; sie schienen sich über die Ankömmlinge zu freuen. Bei landenden Booten setzte es nicht selten einen Leckerbissen ab. Fru und die Kinder zogen ihre Schwimmwesten aus und schwammen und spritzten mit den Enten, welche die Spielereien fröhlich schnatternd begleiteten, um die Wette. Julian ergötzte sich an den winzigen Fischlein, die zwischen seinen Füssen herumflitzten und an seinen Zehen knabberten. «Jetzt wollen aber auch wir essen», meinte Fru, «nicht nur die Fischlein. Los, Kinder, Holz sammeln.» Aus dem blauen Fass, das sie auf der Fahrt hinter sich hergezogen hatten, holte er Brote und Cervelats hervor. Das Fass hatte dichtgehalten, die Streichhölzer waren nicht nass geworden. Bald prasselte ein Feuer und nach kurzer Zeit duftete es verführerisch nach leckerem Antilopenfleisch, wie Julian die Cervelats nannte. Die Enten durften sich an Brotbrocken stärken, welche die Kinder ihnen zuwarfen. «Brot und Käse», grinste Julian. Er klemmte sich kleine Brotstücke zwischen die Zehen und streckte die Füsse ins Wasser. «Die Fischlein kitzeln mich», lachte er.

«Fru!»

Fru fuhr zusammen. War das nicht Samuels Stimme? Warum musste er heute auch dauernd an Samuel denken?

«Fru-u!»

Nein, die Stimme kam von der Aare. Der dicke Franz glitt auf einem Schlauchboot an ihnen vorüber. Seine arme Partnerin hatte neben dem fettleibigen Paddler kaum Platz. Es war ein erheiternder Anblick. Doch die beiden schienen sich wohlzufühlen, sie winkten fröhlich. Fru und die Kinder winkten zurück. «Bis Montag an der Sensibilisierungssitzung», rief der dicke Franz als Abschiedsgruss, bevor er und seine Partnerin zusammen mit anderen Booten hinter einer Aarebiegung verschwanden.

«Was ist eine Sensi-bisi-…, was ist das für eine Sitzung?», fragte Sophia. «Es heisst Sensibilisierung, meine Prinzessin.» - «Und was ist das?» - «Du singst in der Schule gern, aber willst lieber nicht rechnen, doch wenn Mamsy mit dir ein Spiel macht, in dem Rechnungen vorkommen, macht Rechnen auf einmal Spass. Du bist dann sensibilisiert.» - «Aber fahren der dicke Franz und du nicht ohnehin gerne Tram?» - «Wir fahren sehr gerne Tram, aber wenn im Tram viele Betrunkene sitzen, dann wird es schwierig und wir müssen lernen, wie wir uns zu verhalten haben.» - «Oder wenn im Tram geschossen wird», fuhr Julian dazwischen, «päng, päng!» - «Schiessereien habe ich im Tram zum Glück noch nie erlebt.» - «Aber ein brennendes Tram, gell, Daddy.» - «Ja, und nächsten Samstag ist wieder ein wichtiges Fussballspiel, deshalb haben wir vorher ein Sensibilisierungsgespräch.» - «Mit Frau Ott?» - «Ja, mit Frau Ott. - Julian, bitte, füttere die Enten nicht mit Wurst.» - «Das ist nicht Wurst, das ist Antilopenfleisch.» - «Füttere sie auch nicht mit Antilopenfleisch.»

«*Antelope meat*», wiederholten zwei ältere Spaziergängerinnen auf dem Fussweg das Wort. «Der Kleine nennt die Cervelats *antelope meat*. Heissen Cervelats auf Englisch *antelope meat*? Und wie schön diese Kinder Englisch sprechen.» - «Mein kleiner Bruder nennt die Cervelats so. Er hat im Spiel eine Antilope erlegt, und deshalb gibt es jetzt Antilopenfleisch.» - «Päng, päng!» Julian zeigte den Damen, wie er die Antilope geschossen hatte. «Die sprechen ja Schweizerdeutsch», verwunderten sich diese. «Wir sind Schweizer», erklärte Sophia, «und unser Papi war schon immer eine Art Schweizer dank der Basler Mission.» - «Basler Mission? Oh, für die Basler Mission haben wir als Kinder in der Sonntagschule immer gespendet.» Die Kinder brachen in schallendes Gelächter aus. «Das Negerli.» Fru schluckte dreimal leer. «Ja, das Negerli, das mit dem Kopf genickt hat. Das gibt es wohl heute nicht mehr.» - «Nein, um dem kopfnickenden Negerli zu begegnen, müssen Sie schon nach Basel gehen, ins Museum der Basler Mission», beteiligte sich nun auch Fru an dem Gespräch. «Ah, der Papa spricht auch Schweizerdeutsch», meinte eine der Damen. «Sie haben wunderschöne Kinder.» - «Die Kinder haben eine wunderschöne Mama», meinte Fru stolz. «Der Papa sieht aber auch gut aus», meinte die andere Dame. «Sie kommen mir übrigens bekannt vor, Sie erinnern mich an einen schwarzen Tramchauffeur.» - «Wohnen Sie an der Tramlinie 6?», fragte Fru. «Ja, wir wohnen beide in Muri; wir sind Nachbarinnen. Sind Sie vielleicht ...» - «Ja, ich bin der schwarze Tramchauffeur.» - «Wie schön, wir fahren gern mit Ihnen. Sie sagen manchmal so nette Dinge durch den Lautsprecher.» - «Das freut mich. Im Boot kann ich Sie leider nicht mitnehmen, wir haben zu wenig Platz, aber gerne wieder einmal in der blauen Anna.» - «Blaue Anna? Meinen Sie das blaue Bähnli?» - «Genau, das blaue Bähnli; Anna heisst vorwärts und rückwärts Anna.» - «Ach so, guter Name. Man könnte auch blauer Otto sagen.» Die Damen hatten die Symbolik des Namens begriffen. Blauer Otto, ja so könnte man in der Tat auch sagen, doch Fru gefiel der Name *blaue Anna* besser. Die Damen verabschiedeten sich.

Auch Fru und die Kinder machten sich wieder reisefertig. Das blaue Fass wurde verschlossen. Sie zogen die Schwimmwesten an, setzten sich ins Boot, und mit kräftigen Paddelschlägen brachten sie sich wieder in die Aare, die nun viel belebter war als am Morgen. Es war lustig, die Menschen in ihren unterschiedlichen Booten zu beobachten. Schmale Boote, runde Boote, Boote, die wie Piratenschiffe aussahen, Boote mit meditativ still reisenden Männern, Frauen und Kindern, andere mit Musik hörenden oder Bier trinkenden Jugendlichen; am Ufer Spaziergänger, gelegentlich auch ein Fischer. In Münsingen mussten sie nicht bloss aufpassen, nicht mit anderen Booten zusammenzustossen, sie mussten auch Rücksicht nehmen auf die vielen Schwimmerinnen und Schwimmer, die von der Mauer des Freibads in den Fluss sprangen und sich ebenfalls treiben liessen. Die Fahrt ging unter alten und neuen Brücken durch, vorbei am Restaurant Campagna. Beim Muribad wussten sie, dass nun bald die Fähre auftauchen würde. Diese befand sich gerade mitten in der Aare, voller Spaziergängerinnen und Spaziergänger, die auf der Belper Seite weiterzuwandern beabsichtigten. Bootsinsassen und Fährespaziergänger winkten einander fröhlich zu. Als Fru das Boot an der Fähre vorbeilenkte, verpasste Julian den Kindern in der Fähre mit kräftigen Paddelschlägen ein paar kühlende Wasserspritzer. Nach der Begegnung mit der Fähre lenkte Fru das Boot dem linken Ufer zu. Rechts beim Berner Zoo warf die Aare hohe Wellen - für Schwimmer ein Genuss -, links befand sich dagegen die seichte Stelle Eichholz mit der für Kinder gefahrlosen Landemöglichkeit. Andere Bootsfahrende liessen sich gerne noch weitertreiben, denn nach der Schönaubrücke öffnete sich der Blick auf die Berner Altstadt mit ihrem Münster und erweckte den Eindruck, dass man sich direkt ins Bundeshaus schleusen lassen könnte. Doch an diesem Punkt hiess es dann für alle zunächst Endstation. Das Kraftwerk Matte verhinderte die Weiterfahrt. Wer auf der Aare weiterreisen wollte, musste sein Boot ein Stück weit über den Landweg tragen und später für die Weiterfahrt in den Wohlensee erneut wassern.

Das Eichholz war ein grosser Zelt- und Spielplatz. Fru schwang sich aus dem Boot, stand im Wasser und liess die Kinder aussteigen. An dieser seichten Stelle konnten sie problemlos stehen. Sophia und Julian hielten sich an warmen Tagen gerne im Eichholz auf. Cornelia und Fru stellten manchmal ein Zelt auf, dann konnten sie hier übernachten und mit Menschen aus aller Welt Freundschaft schliessen.

Julian erwies sich als Kenner: Er fuhr mit den Händen suchend unter die Steine. «Ich hab' ihn», jauchzte er, «den Manntje Timpe Te.» Cornelia hatte den Kindern das Märchen vom Fischer und seiner Frau oft erzählt. Für Julian war die Groppe mit dem dünnen Körper und dem grossen Kopf der Fisch aus dem Märchen. Der braune Kraushaarjunge war augenblicklich umrahmt von staunenden Mädchen und Buben. «Wie hast du den erwischt?», fragten sie. «Er ist ein Nachtfisch und kann nur ganz langsam schwimmen. Am Tag versteckt er sich unter den Steinen. Und weil er so langsam ist, kann man ihn gut fangen. Dieser hier heisst Manntje Timpe Te.» - «Kann man deinen Manntje Timpe Te auch braten und essen?» - «Nein, kann man nicht, er ist giftig. Aber er ist ein Zauberfisch. Wer ihn fängt, darf ihn küssen und sich etwas wünschen.» Julian küsste den Fisch und liess ihn behutsam wieder ins Wasser gleiten. Die Kinder blickten der Groppe, die sich im klaren Wasser mühsam vorwärtsbewegte, staunend nach. «In der Tat, der Manntje Timpe Te schwimmt ganz langsam. Und hast du dir etwas gewünscht?» - «Ja, das habe ich, aber ich sage nicht was, sonst geht es nicht in Erfüllung.»

Sophia beteiligte sich nicht an dem Spiel mit Manntje Timpe Te. Sie half ihrem Vater, das Boot transportfähig zu machen: Die letzten Reste Luft wurden durch Treten mit den nackten Füssen herausgepresst, der Schlauch zusammenfaltet und zusammenschnürt. Nun sassen beide im Schatten eines Baumes, von wo man dem lustigen Treiben der Groppenfänger hätte zusehen können. Doch die Blicke von Vater und Tochter waren nicht auf die Kinder gerichtet; diesen drohte keine Gefahr, das Wasser war an dieser Stelle weder reissend noch tief. Der Blick der beiden ging in die Ferne. Sophia war ein überaus feinfühliges Kind. «Daddy», fragte das Mädchen, «*are you sad* - bist du traurig?» - «*Yes, sweetheart, I am worried* - ich bin sehr besorgt wegen Samuel.» - «Ich habe gesehen, dass du versucht hast, ihn auf dem Handy anzurufen.» - «Ja, mein Kind, das habe ich, aber er hat nicht geantwortet.»

Die Buben und Mädchen bei den Groppensteinen im seichten Wasser jauchzten und spritzten. Fru seufzte. Sophia lehnte sich an seine Brust.

Nyikob beb

Dank der sprudelnden Erzählung von Julian, der der Mutter und Grossmama Tschanz von den Aare-Erlebnissen berichtete, hellte sich beim Abendessen auch Frus Stimmung wieder auf. Er vergass sogar, noch einmal zu versuchen, Samuel telefonisch zu erreichen. Cornelia hatte ihre Lieben im Eichholz abgeholt und Margareta Tschanz hatte in der Zwischenzeit ein kamerunisches Essen zubereitet, eine dicke Suppe aus gehackten Erdnüssen, Tomaten, Zwiebeln, Kartoffeln und Reis. Grossmama war stolz, als Emmentalerin nicht nur Berner Platte, sondern auch afrikanische Speisen zubereiten zu können.

Gesättigt und fröhlich sassen sie nun vor dem Fernseher, wo soeben der Tagesschausprecher Florian Inhauser sichtbar wurde, als Julian verblüfft ausrief: «Daddy, du hast doch in der Früh die Neuenburger Pendule aufgezogen? Jetzt ist sie gerade stillgestanden!» Fru fuhr entsetzt hoch, sein Herz raste, vor seinen Augen drehte sich alles. Auf dem Fernsehschirm wurde das Gesicht von Florian Inhauser schwarz. Fru sprach nicht mehr Deutsch, sondern Mungaka. Mit wem sprach er? Sie sahen ihn aufspringen.

Samuel hob abwehrend die Hand: «Du kannst mich nicht berühren.» Die abwehrende Hand wurde liebend zur Segenshand. «*Nyikob beb* - Gott behüte dich.»

Florian Inhauser berichtete von einem Flugzeugabsturz in Kamerun.

«Es waren nicht die Ambaboys, sondern der Regensturm, die schlechte Sicht und ein Pilotenfehler», erklärte Samuel. «Das Flugzeug ist bei der Landung abgestürzt. Ich habe an der Unfallstelle noch gelebt, doch unterwegs ins Krankenhaus bin ich

innerlich verblutet. Mach's gut, lieber Bruder, und tu endlich, was du tun musst. *Nyikob beb* - Gott behüte dich und deine Lieben.»

Samuel schlüpfte in den Bildschirm zurück, wurde wieder Florian Inhauser und sagte: «Soweit der Stand der Dinge. Es folgen gleich Meteo und das Wort zum Sonntag, anschliessend sind Sie Gast bei Happy Day mit Röbi Koller.»

«Wo bist du, Daddy?», fragte Julian und winkte, wie um ihn aufzuwecken, mit seinen Händen vor den Augen seines Vaters. «In Kamerun ist ein Flugzeug bei der Landung abgestürzt», sagte Grossmama Tschanz mit gepresster Stimme, «das war sicher ein Sabotageakt dieser verdammten Ambaboys. Hoffentlich sass nicht Samuel in diesem Flugzeug.» Sophia schüttelte den Kopf. «Es waren nicht die Ambaboys, aber ja, Onkel Samuel war in diesem Flugzeug.» - «Kind, hast du ihn auch gesehen?», fragte Fru. «Ich habe ihn gesehen und gehört. Wirst du es tun, Daddy?» Grossmama runzelte die Stirn: «Was soll Daddy tun? Den Tisch abräumen?» Über Cornelias Wangen liefen die Tränen. Sie schloss Fru und ihr Töchterchen in die Arme. «Ich habe eine afrikanische Familie.» Julian drängte sich in die Liebesszene. «Ich bin auch Afrikaner.» - «Ja, das bist du, mein Kleiner.»

Auf dem Bildschirm des Fernsehers wurde begeistert applaudiert. Röbi Koller kam strahlend eine Treppe herunter. «Danke, danke, meine Damen und Herren.»

Familie Ndinibam-Tschanz liebte Röbi Kollers Happy-Day-Sendung. Insgeheim hatte Margareta Tschanz schon lange die Absicht in ihrem Herzen bewegt, ihren Schwiegersohn mit einer Happy-Day-Anmeldung zu überraschen, vielleicht sogar mit einer Begegnung mit Samuel. Röbi Koller liebte solche Zusammenführungen. Dieser wunderbare Plan hatte sich soeben in Nichts aufgelöst. Der beliebte Fernsehmoderator blieb vor der ersten Zuschauerreihe stehen. Sein Blick richtete sich auf eine hübsche junge Frau, die neben einer Freundin sass, welche Röbi Koller verschwörerisch anlächelte. Der Moderator gab sich erstaunt. «Habe ich Sie nicht vor einer Woche in Kanada gesehen?», fragte er verwundert. «Nein, nein, ich war nicht in Kanada, aber meine Zwillingsschwester lebt dort.» - «Tatsächlich? Und wann haben Sie ihre Zwillingsschwester zum letzten Mal gesehen?» - «Vor fünf Jahren, wir ...»

Margareta schaltete den Fernseher aus. So ähnlich hatte sie sich die Zusammenführung von Fru und Samuel vorgestellt. Sie erlebte gerade eine andere, innig-traurige Zusammenführung. «Ich gehöre auch zu diesem afrikanischen Liebesring», sagte sie mit tränenschwerer Stimme. Der Ring öffnete sich und schloss sich wieder hinter Grossmama Tschanz. Schluchzend hielten sich die fünf umschlungen. «Samuel, o Samuel - *nyikob beb.*»

Im Büro von Mähnäbte

Mit ihrem richtigen Namen hiess Frus Chefin Elisabeth Ott, doch alle nannten sie Mähnäbte. Wenn der Berner ÖV Ausländerinnen oder Ausländer als Tram- oder Busfahrer ausbildete, wurden sie von Mähnäbte zu einem Sprachtest aufgeboten. In diesem Gespräch wurde festgestellt, ob die Bewerber über ausreichende Deutschkenntnisse verfügten. War Frau Ott mit dem Ergebnis zufrieden, erlaubte sie sich zum Schluss den einzigen Sprachwitz, den sie kannte. Sie pflegte lächelnd zu fragen: «Verstehen Sie das: Mähnäbte Heu? Nie mähnäbte Heu. Wennäbtemähn, mähnäbte Gras.»

Diesen Satz verstand begreiflicherweise nicht einmal ein Schweizer oder ein Deutscher, geschweige denn eine fremdsprachige Person. Bei Ausländerinnen und Ausländern half oftmals nicht einmal die langsame deutliche Aussprache, vor allem dann nicht, wenn sie nicht Christen waren und sie noch nie etwas von einem Abt oder einer Äbtissin gehört hatten. Gedehnt wiederholte Elisabeth Ott schliesslich: «Mähen Äbte Heu? Nie mähen Äbte Heu. Wenn Äbte mähen, mähen Äbte Gras.» Elisabeth Ott war katholisch, stammte aus Einsiedeln und war neben dem Kloster aufgewachsen. Als Kind hatte sie einmal den Abt Gras mähen und dann das Heu wenden sehen. Dabei hatte sich in ihrem Innerschweizer Kopf besagtes Wortspiel gebildet. Und nun hiess sie eben nicht mehr Elisabeth Ott, sondern Mähnäbte.

Fru hatte am Montag nach seiner Bootsfahrt auf der Aare mit den Kindern und der erschütternden Nachricht aus dem Jenseits wieder den Frühdienst auf den blauen Anna versehen. Am Mittag war er dann allerdings nicht nach Hause zurückgekehrt, sondern als Passagier auf der Linie 3 an den Eigerplatz gefahren, wo

Mähnäbte im Hochhaus ihr Büro hatte. Frau Ott hatte einige besondere Mitarbeiterinnen und Mitarbeiter zu einem Sensibilisierungsgespräch eingeladen. Fru war einer der ersten, die mit dem Aufzug in das vierzehnte Stockwerk hinauffuhren. Er liebte die Räume des Berner ÖV auf diesem Stockwerk. Hier tauchte man ein in die Geschichte der Berner Verkehrsbetriebe - es gab einen langen Korridor mit Bildern der alten Strassenbahnen und Busse. Da hing das Bild des noch von Pferden gezogenen ersten Trams neben dem Bild des Dampftrams, dann kamen die viereckigen kleinen ersten elektrisch betriebenen Strassenbahnen, später abgelöst von grösseren Fahrzeugen mit weiblichen Rundungen, weiter die schlangenlangen eleganten modernen Züge - alle alten Trams und Busse in der auf die Berner Altstadt abgestimmten dezenten ockergrünen Farbtönung. Am grossartigsten war in Mähnäbtes Büro und Ausbildungsraum jedoch der Blick vom vierzehnten Stockwerk auf die Stadt und die Aare.

Fru hörte Stimmen. Weitere Mitarbeiterinnen und Mitarbeiter trafen ein, auch sie andächtig der Bildergalerie entlang schreitend. Der dicke Franz trat neben Fru, der in die von Leben sprudelnde Stadt hinabblickte. Direkt am Hochhaus staute sich gerade der Verkehr. Die von hoch oben winzig aussehenden Autos mussten einem ebenso winzig aussehenden Tram den Vortritt gewähren. «Nach der Farbe zu schliessen ist es das Tram mit der Blaser-Kaffee-Reklame», meinte der dicke Franz. «Aus luftiger Höhe kann Mähnäbte alle unsere Bewegungen verfolgen.»

In der Tat, Fru beobachtete, wie eine blaue Anna sich der Endstation Fischermätteli entgegenschlängelte. Was Franz weiter berichtete, entging ihm, denn nach der blauen Anna waren seine

Gedanken weitergewandert. Er seufzte - Samuel. «Tu, was du tun musst», hatte Samuel gesagt.

«Herr Ndinibam.» Fru schrak auf. Neben ihm stand lachend die Chefin. «Das nenne ich einen guten Trampiloten, der seinem Tram sehnsüchtig wie einer Freundin nachblickt.» Sie nickte ihm anerkennend zu. «Sie bleiben uns jedenfalls noch lange erhalten.»

Sie bleiben uns noch lange erhalten. Das hoffte Fru ja auch, doch ein Gedanke bewegte ihn bereits seit Monaten: die lebendige junge Kirche in seiner Heimat als Gegensatz zu der alten müden Kirche in Europa. «Tu, was du tun musst.» Hatte wirklich Samuel so etwas zu ihm gesagt oder war es nicht eher seine Schwiegermutter, die ihm solches einzureden versuchte? Wer war er denn schon, dass er als Afrikaner den Kirchen in seinem geistlichen Mutterland, dem er so viel verdankte, den Weg zeigen sollte?

«Meine Damen und Herren, setzen Sie sich», rief Mähnäbte. «Entschuldigen Sie die kleine Verspätung, ich war den ganzen Morgen mit der Ausbildung künftiger Tram- und Busfahrerinnen und -fahrer beschäftigt. Sie haben sicher nichts dagegen, wenn Ihnen meine Sekretärin eine Tasse Kaffee anbietet.» Frau Ott schien etwas müde und überarbeitet zu sein. Sie liess sich als besondere Erfrischung einen doppelten Schwarzen ohne Milch eingiessen. «Mit oder ohne Milch?», fragte die Sekretärin die Anwesenden. «Blaser Kaffee», stellte Fru befriedigt fest. «Gerne ein Tröpfchen Milch.»

Die Chefin vergass ganz unanständig, ihr Gähnen mit der Hand zu verstecken. Sie gähnte herzhaft und griff nach ihrer Tasse. «Gähn Äbte auch?», fragte der dicke Franz grinsend. Mähnäbte verschluckte sich vor Lachen beinahe an ihrem heissen Schwarzen. «Wenn alle gähn, gähn Äbte auch», erwiderte sie schlagfertig. Dann aber wurde sie ernst. «Meine Damen und Herren ...» Sie blickte in die Zuhörerschar und erinnerte sich, dass die scharfe Lotte die einzige anwesende ÖV-Fahrerin war. Sie korrigierte sich und begann von Neuem: «Meine Dame, meine Herren, uns steht ein schwerer Sonntag bevor. Meine Wahl bei der Einteilung für den Fahrdienst am kommenden Sonntag ist nicht zufällig auf Sie gefallen. Mit dem FC Basel und den Berner Young Boys haben wir schon mehrmals schlechte Erfahrungen gemacht, egal wer Sieger und wer Verlierer ist. Ich habe für den Sonntagsdienst Mitarbeiter eingeteilt, die körperlich in guter Verfassung sind, geistig schnelle Reaktionen haben und Respektpersonen sind.» Die scharfe Lotte richtete sich stolz auf ihrem Sitz auf. Vor ihr war schon manch ein randalierender Jugendlicher kleinlaut zurückgewichen. «Es darf an diesem Sonntag kein Tram und kein Bus in Flammen aufgehen.» Mähnäbte war nun hellwach. «Die Polizei erwartet Sprayer. Wenn die Frontscheibe der Fahrer versprayt wird, sodass Tram und Bus nicht mehr weiterfahren können, bricht stadtweit der ganze Verkehr zusammen. Bei den Haltestellen gibt es genügend Polizisten, die das verhindern werden. Seien Sie wachsam bei Sitzstreikenden zwischen den Haltestellen. Halten Sie in gebührendem Abstand zu den Blockierenden an und drücken Sie auf den Alarmknopf. Bleiben Sie mit mir in Kontakt. Wenn ich nichts mehr von Ihnen höre und Sie in Gefahr wähne, werde ich vom Büro aus Alarm auslösen. - Haben Sie noch irgendwelche Fragen oder Anregungen? - Ja, Frau Karrer?» Die scharfe Lotte erhob sich in ihrer ganzen Grösse und Fülle. «Ich habe gute Erfahrungen gemacht mit der Wiedergabe von heulenden Polizeisirenen.» Lotte Karrer hielt ihr Smartphone in die Höhe. Es klang, als ob ein Polizeiauto mit quietschenden Rädern durch den Raum schösse. Die Anwesenden zuckten förmlich zusammen.

«Gute Idee. Danke, Frau Karrer. Die Sitzung ist geschlossen Machen Sie's gut.» Mähnäbte reichte allen zum Abschied die Hand.

«Wie gefallen Ihnen unsere neuen Kaffeetassen, Herr Ndinibam?» - «Sehr originell mit dem Aufdruck von dem Dampftram, passt gut zu einem heissen dampfenden Kaffee.» - «Und wie geht es Frau und Kindern?» - «Es geht ihnen bestens, danke, Frau Ott.» Mähnäbte interessierte sich immer sehr für das Wohlergehen ihrer Fahrerinnen und Fahrer. «Ich habe noch ein Mitarbeiterinnengespräch. Sie entschuldigen, dass ich etwas kurz angebunden bin.» Die Chefin verschwand in ihrem persönlichen Büro.

Aus der Lifttüre trat eine junge Frau, das Büchlein *Steigen Sie ein* in der Hand. Mit demselben Büchlein war auch Fru drei Jahre zuvor bei BernMobil erschienen. Er erinnerte sich bestens an den Inhalt.

> *BernMobil bietet Interessierten einen Direkteinstieg in unseren Fahrdienst. Nach einer umfassenden Ausbildung erwartet Sie eine spannende und verantwortungsvolle Aufgabe.*
>
> *Lohn bei einem 100%-Pensum:*
>
> *21-30 Jahre: CHF 4'529 bis CHF 5'224*
>
> *bis 40 Jahre: CHF 5'048 bis CHF 5'919*
>
> *bis 50 Jahre: CHF 5'651 bis CHF 6'115*
>
> *ab 51 Jahren: CHF 5'809 bis CHF 6'342*

«Ist hier das Büro von Frau Ott?», fragte die junge Frau. «Zweite Tür links», antwortete Fru. «Sie werden erwartet.»

Es war, als sängen die Nachtigallen

Fru hätte sich am Sonntagmorgen lieber in Ruhe und Stille auf seinen gefährlichen Einsatz am späten Nachmittag vorbereitet, doch Cornelia und er hatten schon vor Monaten zugesagt, an diesem Datum im Gottesdienst von Chantal Kammermann musikalisch mitzuwirken. Die Worber Pfarrerin war eine sympathische Mittfünfzigerin, eine sogenannte Spätberufene. Aufgewachsen war sie als Zirkuskind. Sie war ganz selbstverständlich in die Zirkuswelt hineingewachsen und hatte bereits als Jugendliche als beliebte Clownin im Zirkus ihrer Eltern mitgewirkt. Nichts hatte darauf hingedeutet, dass sie eines Tages Pfarrerin sein würde. Wie ihr Vater war sie überzeugte Atheistin gewesen. Mit einem Gott, der die schrecklichen Dinge zuliess, die sich in der ganzen Welt dauernd ereigneten, wollte sie nichts zu tun haben. Das änderte sich, als die Eltern Clown Jeschua einstellten. Da Chantal über keinerlei Hebräischkenntnisse verfügte, hatte sie keine Ahnung, was für eine Bedeutung dieser Name hatte.

Die beiden Clowns hatten ein besonders gewagtes Stück eingeübt. Clown Jeschua und Clownin Chantal sassen beide hoch oben im Zirkuszelt auf einer luftigen Schaukel, unter ihnen das vor Spannung stöhnende Publikum, Frauen, Männer und Kinder mit angstvoll geweiteten Augen, fürchtend, dass einer der beiden Clowns abstürzen würde. Ganz besonders spannend wurde es, als Clown Jeschua den Weltsprung ankündigte, den Sprung ohne Seil in die Tiefe. Er sagte es, und unter dem Angstgekreisch der Menge sprang er von der Schaukel. Das entsetzte Schreien verwandelte sich in tosenden Applaus, als Clown Jeschua strahlend unten stand und mit Kusshänden um sich warf. Dann aber stieg die Spannung erneut. Clown Jeschua breitete empfangsbereit die Arme aus und forderte Clownin Chantal auf, es ihm gleichzutun. Wieder erfüllten Entsetzensschreie das Zelt, als Chantal zum Sprung ansetzte und sich in die weit ausgebreiteten Arme von Clown Jeschua stürzte. In seinen Armen wurde sie von einem Glücksgefühl erfasst wie nie zuvor in ihrem Leben. Sie vergass alles rings um sich, auch das Publikum. Sie fühlte sich geliebt und geborgen. Doch schliesslich erreichte der Jubel der Menge sie doch - aber es waren nicht Menschen, die jubelten, sondern der Wecker, der rasselte und sie aus ihrem wunderbaren Traum riss. Sie befand sich im Bett ihres Wohnwagens, nun hellwach, aber immer noch erfüllt von dieser grossen Liebe. Auch ohne Hebräischkenntnisse war ihr bewusst, dass Jeschua derjenige war, den die Christen Jesus nannten. Am liebsten wäre sie liegengeblieben, um das Gefühl der sie umfangenden Arme nicht zu verlieren. Doch der Alltag rief, sie musste aufstehen. Zudem hatte sie die Absicht, die fromme ungarische Kassiererin zu fragen, ob es nicht so etwas wie Clowns Christi gebe. Ein neues Glücksgefühl erfasste sie, als Boglarka Horwath auf Chantals Frage ohne zu zögern 1. Korinther 4,10 aufschlug und der Clownin vorlas: «Wir sind alle Narren um Christi willen.» Das war das Ende der Atheistin und der Anfang der Theologiestudentin und späteren Pfarrerin und Kanzelclownin. Einer solchen Pfarrerin konnte Fru unmöglich eine Absage erteilen. Zudem fand das Fussballspiel erst am Nachmittag statt.

Unter dem Brausen des Orgelspiels des talentierten Organisten Guy Pascalier rauschte die Mittfünzigerin dem Altar entgegen, wie die katholischen Fans der Pfarrerin diese würdige kirchliche Einrichtung nannten. Chantal Kammermann selber pflegte den Altar nach gut barth'sch-reformierter Lehre Tisch zu nennen - «ein ehrlicher Tisch, um den wir uns zusammen mit dem Herrn versammeln.» Die Pfarrerin, die über ein ganzes Sortiment von fantasievollen Talaren verfügte, trug an diesem Tag ihren weissen Talar mit den aufgestickten Ähren.

«Ich weiss schon, was für ein Lied wir gleich singen werden», flüsterte Cornelia Fru mit Blick auf den Talar zu.

«Was trägt sie denn heute wieder für einen Fetzen», knurrte eine ältere protestantische Frau ärgerlich. «Und überhaupt, diese Frisur!» - «Wenigstens hat sie heute nicht ihre Clownnase aufgesetzt», beschwichtigte ihr Mann halblaut. Fru kannte diese Stimme. Er drehte sich um. Tatsächlich, die Stimme gehörte dem eigentlich sympathischen Alten, der ihn Monate zuvor an der Migroskasse angestossen hatte.

«Wir beginnen den Gottesdienst im Namen des Vaters, des Sohnes und der Heiligen Geistkraft», sprach die Pfarrerin.

Fru stellte fest, dass einige Frauen und Männer sich bekreuzigten. «Ich glaube, wir haben heute mehr Katholiken im Gottesdienst als Protestanten», hauchte er Cornelia ins Ohr. «Die Katholiken hätten schon lange gerne eine Pfarrerin, und Chantal ist bei ihnen sehr beliebt», flüsterte Cornelia zurück.

Pfarrerin Kammermann tastete mit den Fingern zwischen ihren liturgischen Büchern. In ihrer Hand wurde ein undefinierbares rotes Ding sichtbar.

«Eine Clownnase», meinte Julian begeistert. «Will die Pfarrerin die Clownnase aufsetzen?»

Ein Raunen ging durch die Gemeinde. «Ich trete aus der Kirche aus», zischte die alte Dame.

Die Pfarrerin hielt die Clownnase in die Höhe und erklärte: «Wenn ich diese Nase aufsetze, stelle ich mich bewusst in eine andere Energie, in die Clownenergie.» Sie setzte das rote Clownding kurz auf, nahm es dann aber wieder ab und fuhr weiter: «Jetzt bitte ich Sie, etwas Ähnliches zu tun: Versetzen Sie sich bewusst in die Energie Gottes und verstärken Sie diese Energie mit dem ersten Lied bei der Nummer 456: *Korn, das in die Erde, in den Tod versinkt; Keim, der aus dem Acker in den Morgen dringt. Liebe lebt auf, die längst erstorben schien: Liebe wächst wie Weizen, und ihr Halm ist grün.*»

Cornelia lächelte Fru zu - der Talar mit der Ähre.

Zum Singen standen alle auf. Der Gesang über das Korn, das in die Erde fällt, versetzte Fru in die Trauerfeier, welche vielleicht gerade in seiner Heimatstadt Bali-Nyonga stattfand. Feierlich schritt der Fon in königlicher Gewandung neben Hauptpastor Fomuso im schwarzen Talar durch die buntgekleidete schluchzende Menschenmenge, gefolgt von Papa, der seinen Lieblingssohn verloren hatte, den Hoffnungsträger der jungen presbyterianischen Kirche, den ersten einheimischen Finanzverwalter, der nun beim Flugzeugabsturz ums Leben gekommen war. Papa, der in seinem schlichten Umhang aussah wie ein Mann im blossen Hemd, war schwer gebeugt vom Alter und vom Schmerz; er wurde gestützt von zwei Söhnen. Hinter Papa folgten laut schreiend die Mütter der Familie, danach die übrigen Söhne und Töchter.

Über Gottes Liebe brach die Welt den Stab, wälzte ihren Felsen vor der Liebe Grab, sang die Gemeinde in der Schweiz.

Fru sang zwar mit, doch innerlich befand er sich nach wie vor im heimatlichen Bali-Nyonga. Die Kirche vermochte die grosse

Menschenmenge nicht zu fassen. Die meisten mussten draussen bleiben. In und ausserhalb der Kirche drückten dumpfe Trommelschläge und schrille Flötentöne die Trauer aus. Frauen warfen sich vor Schmerz überwältigt zu Boden.

In der Schweiz sangen sie die Auferstehungsstrophe: *Hin ging die Nacht, der dritte Tag erschien. Liebe ist wie Weizen, und der Halm ist grün.*

In Kamerun trugen sie in der Kirche und ausserhalb der Kirche grosse Bilder von Samuel und begannen zu tanzen und zu jauchzen. Die Gemeinde verstand sich als sichtbarer Leib Christi. Als vereinigter Christus hielten sie die Samuelbilder in die Höhe und sangen: «*And I will rise him up* - ich werde ihn auferwecken.» Eine Stunde lang hatte Trauer geherrscht, doch jetzt waren alle für eine weitere Stunde von Auferstehungsfreude durchdrungen. Zusammen mit einem sehr lebendigen Samuel lobten und priesen alle ihren grossen Gott. Sie hörten auf Worte des Lebens aus der Heiligen Schrift auf Mungaka, auf Englisch - und auf einmal sogar auf Deutsch.

Deutsch, das war wieder die Schweiz. Die deutschen Gebete wurden von Chantal Kammermann gesprochen und es waren nicht mehrere Stunden verstrichen, sondern bloss einige Minuten. Nun waren die Eheleute Ndinibam mit Klavier und Cello an der Reihe. Johann Sebastian Bach, Pastorale in F-Dur, eine ruhige Melodie, ein Stück, von dem Fru fand, dass es sehnsuchtsvoll sei wie der Gesang der Nachtigallen. Die Pastorale erinnerte ihn an einen zärtlichen Spaziergang mit Cornelia, als sie sich zu nächtlicher Stunde am Uferweg in der Elfenau beim Gesang einer Nachtigall und beim Rauschen der Aare geküsst hatten. In der Kirche spielte Cornelia mit dem Cello die dunkle Stimme der Aare und Fru auf den Tasten die Sehnsucht der Nachtigall. Die sanfte Nachtigall und die majestätische Aare leiteten über zu Chantals Predigt über das Wasser-Wein-Wunder an der Hochzeit zu Kana, wie es in Johannes 2 beschrieben ist:

> *Und am dritten Tage war eine Hochzeit zu Kana in Galiläa. Und die Mutter Jesu und Jesus und die Jünger waren auch eingeladen. Und als der Wein ausgegangen war, sagte die Mutter Jesu zu ihm: Sie haben keinen Wein ...*

Die Pfarrerin begann ihre Predigt mit einer erstaunlichen Behauptung: «Das Wunder, Wasser in Wein zu verwandeln, gelingt jedem Weinbauern.» Die Gemeindeglieder schauten einander verdutzt an; einige runzelten die Stirn. «Diese Pfarrerin glaubt nicht einmal, dass Jesus Wunder tun kann», zischte die schwerhörige, dauernd reklamierende alte Protestantin mit derart hörbarem Geflüster, dass selbst die Pfarrerin die Worte vernahm. Chantal blickte der Frau von der Kanzel herab direkt in die Augen und fuhr fort: «Der Weinbauer braucht für dieses Wunder allerdings mehrere Monate Zeit, bei Jesus hat es Sekunden gedauert.» - «Da hast du es», wisperte der Ehemann der reklamierenden Protestantin, «sie glaubt an Wunder. Und flüstere nicht so laut, es können dich ja alle hören.» Doch selbst beim Ehemann war das Geflüster wie bei vielen schwerhörigen Menschen nicht gerade leise. Die Gottesdienstbesucherinnen und -besucher in unmittelbarer Nähe unterdrückten ein Lachen.

«Eigentlich sind wir alle dazu aufgerufen, ein ganzes Leben lang an diesem Wunder zu wirken», fuhr die Pfarrerin fort. «Jesus ist der Weinstock und wir die Schosse und Trauben. Aus einigen Trauben werden trockene Rosinen, vom Leben hart gebrannt, aber trotzdem süss. Es gibt leider auch Beeren, welche liegen bleiben und verfaulen.» Der alte Mann gab seiner Frau einen Stoss: «Sie spricht von dir.» - «Noch andere werden vom Leben arg gepresst», sagte die Pfarrerin, «sie schreien zu Gott: 'Bitte nicht!' Wir meinen immer wieder, dass Gott Leiden von uns abwenden sollte. Aber wir wollen doch guter Wein werden. Und Wein gibt es nur, wenn die Trauben gepresst werden. Wenn Leiden über uns kommen, dürfen wir beten: 'Herr, mach' aus mir einen guten Wein.' Wenn wir zu Saft gepresst worden sind, werden wir in Fässer abgefüllt und beginnen zu gären. Und schon jammern wir wieder. Jede Lebensumwandlung, jede Gärung ist schmerzhaft. Mit der Hilfe Christi werden wir aber endlich ein guter trinkbarer Wein», verkündigte die Pfarrerin, «nicht ein langweiliges frommes Gesöff, sondern ein Wein, der für unsere Mitmenschen ein Genuss ist.»

Die Pfarrerin predigte bereits seit einer halben Stunde, doch so spannend, dass es für die Gemeindeglieder wie fünf Minuten war. Jedenfalls für diejenigen, welche zuhörten. Für die Kinder allerdings war es keine einfache Predigt. Julian lag zu Mamas Füssen in der vordersten Bank auf dem Kirchenboden und schlief fest. Sophia lehnte sich an ihren Papa. Für sie war seine Nähe besser als jede Predigt, doch ihre Augen waren auf die Kanzel gerichtet; sie hörte zu.

Die Pfarrerin kehrte zum Eingangsvers zurück: «*Am dritten Tag war eine Hochzeit zu Kana in Galiläa.* Vor Gott sind tausend Jahre wie ein Tag», zitierte sie aus dem Alten Testament. «Also sind wir jetzt am dritten Tag. Haben wir nicht alle den Eindruck, dass der Kirche der Wein ausgegangen ist? Doch glaubt mir, jetzt ist der dritte Tag, im dritten Jahrtausend wird Gott ein Weinwunder tun! Ich glaube an die Zukunft der Kirche.»

Die Predigt war zu Ende. Frau Kammermann schloss mit Amen. Sie verliess die Kanzel, trat an den Altar, an den «ehrlichen Tisch», und lud zum Gebet ein. «Wir wollen beten», erklärte sie feierlich. Doch dann war erstaunlicherweise nicht sie die Betende. Mitten aus der Gemeinde erklang laut und innig die Stimme eines Mannes: «O Heiland ...» Es war der alte Mann. Fru war gerührt. Das war ja fast wie in Kamerun, wo Männer und Frauen, manchmal sogar Kinder, auf eine Predigt laut betend Antwort gaben. In einer Schweizer Landeskirche hatte Fru so etwas noch nie erlebt. Doch seine Rührung verflog, als er die Fortsetzung des Gebets hörte: «O Heilanddonner, jetzt bin ich doch tatsächlich einen Augenblick eingenickt!» Auf diese unerwartete Anrufung des Heilands legte sich auf die ganze Gemeinde eine Sekundenstille. Nachdem die Gemeindeglieder jedoch begriffen hatten, was sich da gerade abgespielt hatte, wurde die Kirche erfüllt von tosendem Gelächter. Dem alten Ehepaar war das sichtlich peinlich. Am liebsten wären die beiden in ein Mauseloch geschlüpft. Sie versuchten sich möglichst klein zu machen. Das Lachen wollte nicht aufhören.

Chantal war eine sehr spontane Frau. Sie bahnte sich einen Weg durch die Kirchenbänke, fuhr mit der Hand beruhigend über die Schulter des Heilanddonner-Mannes. Sie nickte auch der Frau freundlich zu. «Gemeinde ist Familie», sagte sie, «da können auch lustige Dinge vorkommen. Das muss Ihnen nicht peinlich sein.» Die Eheleute richteten sich dankbar auf; sie wagten ein scheues Lächeln.

Chantal kehrte an ihren «ehrlichen Tisch» zurück. Noch immer wurde gelacht. Chantal hob die Hand. Es wurde ruhig. Nun wollte sie endlich beten. Doch kaum hatte sie gesagt: «Wir wollen beten», da brach das Gelächter erneut aus. Beten war im Augenblick offenbar nicht möglich. Die Pfarrerin hatte eine Idee. Laut rief sie in die Gemeinde: «Nehmen wir unseren nicht enden wollenden Lachanfall als ein Geschenk der Heiligen Geistkraft. Ich hatte eigentlich mit dem Organisten vereinbart, dass er am Schluss des Gottesdienstes ein nicht gerade schönes Stück spielen würde, das euch augenblicklich ins Kirchgemeindehaus zum Kaffee jagen würde. Dass Nachtigallen herzergreifend sehnsuchtsvoll singen, das haben Fru und Cornelia Ndinibam mit ihrem Klavier- und Cellospiel ausgedrückt. Was aber, wenn die Nachtigallen erkältet sind und nicht mehr so singen können, wie sie gerne möchten?» Sie blickte zu Guy Pascalier zur Orgel hinauf. «Guy, bist du bereit?» Der Organist stand grinsend auf. «Ich bin bereit», rief er. Er setzte sich auf die Orgelbank. «Das Stück heisst *Les rossignols enrhumés,* von Mauricio Kagel», erklärte Frau Kammermann. «Ihr werdet staunen, wie das tönt, wenn Nachtigallen erkältet sind.» Guy Pascalier begann zu spielen. Oder wollte er bloss spielen, konnte aber nicht, weil die Orgel den Geist aufgegeben hatte? Was waren das für Töne? War eine Orgel überhaupt zu solchen Tönen fähig? Es war eine schreckliche, allerdings künstlerisch hochstehende, vor allem aber humorvolle Musik. Die Pfarrerin hoffte, das nicht enden wollende Heilanddonner-Gebets-Lachen durch ein Gegenlachen unterbinden zu können. Und in der Tat, die Orgeltöne der erkälteten Nachtigallen brachen den Bann. Die Anwesenden lachten zwar erneut, aber diesmal war es ein anderes Lachen, ein Lachen des Verstehens, eines, das mit dem Ende des Missgesangs der erkälteten Nachtigallen zu einer Ruhe führte, in welcher Chantal endlich zum Gebet einladen konnte.

Frau Kammermann war eine tatkräftige Förderin des allgemeinen Priestertums. Sie war überzeugt, dass in Gottesdienst und Gemeinde jeder Christ vom Heiligen Geist eine Gabe, ein

Charisma, zur Auferbauung des Ganzen hatte. Ein wichtiger Bibeltext in ihrem Leben war 1. Korinther 14,26ff., wo der Apostel Paulus schreibt:

> *Wie ist es nun, Brüder und Schwestern? So oft ihr zusammenkommt, hat jeder etwas: einen Psalm, eine Lehre, eine Auslegung.*

Ein Charisma konnten auch Kinder haben. So war nun Sophia an der Reihe. Die Gemeindeglieder lehnten sich wohlwollend zurück. Ein wenig Kindergeklimper war für einen Gottesdienst durchaus akzeptabel, und Geklimper von einem schwarzen Kind war doch etwas Besonderes. Man musste tolerant sein. Doch kaum hatte sich die Zwölfjährige an den Flügel gesetzt und die Tasten berührt, da hielten die Zuhörerinnen und Zuhörer vor Staunen den Atem an. Das Kind spielte wie eine erwachsene Künstlerin. Mit allen zehn Fingern griff es gekonnt in die Tasten. Sophia spielte das Stück *Aus der Jugendzeit* von Max Reger, ein Werk, das besonders flinke Finger verlangte. - Dass auch Julian einen Beitrag leisten würde, war nicht geplant gewesen. Doch als er seine Schwester spielen hörte, vergass er alles um sich und tat, was er immer tat, wenn sie zuhause musizierte: Er begann zu tanzen. Jede Bewegung des Kleinen war in völligem Einklang mit den Tönen, Arme, Füsse, Kopf, sich am Boden überrollen und sofort wieder hochspringen. Zwei Künstlerkinder, ein Herz und eine Seele.

Als Schwester und Bruder geendet hatten, vergassen die Anwesenden, dass sie Bernerinnen und Berner waren. Sie sprangen von den Kirchenbänken, klatschten und jubelten, ihr Applaus wollte kein Ende nehmen. Als die Pfarrerin das Segenslied und den Segen ankündigte, dauerte es eine gute Weile, bis der Organist das Lied zum Klingen bringen konnte. Guy Pascalier liefen die Tränen über die Wangen und seine Brille war beschlagen.

Der Wunsch der Pfarrerin, dass die Gemeindeglieder nach dem Gottesdienst möglichst schnell ins Kirchgemeindehaus zum Kirchenkaffee hinüberwechseln würden, erwies sich als unerfüllbar. Alle umringten Familie Ndinibam, dankten und gratulierten. Auch die Gruppe der Früh-Morgen-Tramfahrer war gekommen; zum ersten Mal seit Jahren wieder einmal in einer Kirche. Man sprach sich jetzt mit Vornamen und mit Du an. Ihr Fru hatte einen Auftritt in der Kirche, da musste man ja kommen. Aber auch die Pfarrerin hatte ihnen gefallen. Herr Wüthrich, längst aus der Kirche ausgetreten, unterhielt sich mit Chantal Kammermann über die Möglichkeit eines Wiedereintritts.

Fru als guter Schweizer schaute auf die Uhr. «Nach dem christlichen Gott ruft mich jetzt Gott Fussball. Wir müssen», entschuldigte er sich. Sein Gesicht hatte einen besorgten Ausdruck, diesmal nicht wegen Samuel. Für Tram- und Buschauffeure sind die möglichen Folgen der Fussballspiele eine schwere Belastung.

Das Wunder von Bern

Ob es sich wieder einmal ereignen würde, das Wunder von Bern? Das fragte sich Fru, als er am Bahnhof Bern die Verantwortung für ein Tram der Linie Neun übernahm. Ein rotes Tram und keine Anna. Den Ausdruck «Wunder von Bern» hatte er als Asylsuchender kennengelernt, als er in der unterirdischen Anlage des Siloah, die während des zweiten Weltkriegs als luftangriffssicheres Spital gebaut worden war, einquartiert worden war. Beim Wunder von Bern hatte er zuerst an eine Marienerscheinung gedacht, doch dem Gespräch der Schweizer Betreuer entnahm er recht bald, dass es sich dabei um ein Fussballwunder handelte: Im Berner Wankdorfstadion besiegte am 4. Juli 1954 die scheinbar unbedeutende Mannschaft Westdeutschlands, das noch kaum als echter Staat galt, den scheinbar unbesiegbaren ungarischen Weltmeister. Das sorgte weltweit für Aufsehen. Bei den Deutschen, deren Selbstwert immer noch am Boden lag, brach ein wahrer Freudentaumel aus. Weltmeister! Neun Jahre nach Kriegsende wurde Deutschland zum ersten Mal wieder bewundert. Bei ihrer Rückkehr wurde den Weltmeistern als erstes in München ein Staatsempfang bereitet. Von dort fuhren sie in einem Extrazug durch verschiedene grosse Städte. Zu hunderttausenden standen junge und alte Männer und Frauen, Kriegsversehrte, Jugendliche und Kinder an den Gleisen und in Bahnhöfen, um die Weltmeister zu bejubeln. Moralisch war das Wunder von Bern die eigentliche Geburtsstunde der Bundesrepublik Deutschland. Jahre später, beim Umbau des Wankdorfstadions, schenkte die Schweiz Deutschland ein Stück des Rasens, auf dem sich das Wunder ereignet hatte, eine Reliquie, die in Deutschland hoch verehrt wird.

Fussball, stellte Fru fest, war eine Religion. Man bediente sich der religiösen Sprache. Es gab Wunder und Reliquien. Man kannte auch Götter. Grosse argentinische Götter waren die Fussballspieler Maradona und Messi. Die Fussballstadien waren Tempel, die wie Kirchen an bestimmten Tagen für heilige Handlungen geöffnet wurden, ausnahmsweise selbst für christliche Massenveranstaltungen. Wie in den Kirchen zogen die Aufführenden in besonderen Kleidern mit symbolischen Zeichen in einer Prozession auf den heiligen Rasen. Nach dem Spiel warfen die Fussballgötter ihre schweissgetränkten Trikots den Verehrerinnen und Verehrern zu. Das Schweisstuch der heiligen Veronika lässt grüssen ... Fru seufzte. In den Schweizer Kirchen gab es den feierlichen Einzug nur in der katholischen Kirche. In manchen reformierten Kirchen wandelte die Pfarrperson noch durch die Kirche, doch bei einigen konnte man nicht einmal mehr von 'wandeln' sprechen. Sie marschierten oder eilten, mit oder ohne Talar, während des Orgeleingangsspiels oder kurz davor durch das Kirchenschiff, zwischen Leuten hindurch, manchmal in der Bibel oder im Manuskript blätternd oder einem Musiker noch letzte Anweisungen gebend. Fru nickte. Solche Pfarrerinnen und Pfarrer könnten von der Fussballfeierlichkeit noch einiges lernen. Auch die Sprechchöre und Fangesänge beim Fussball erinnerten an die Religion. Das Gemeinschaftsgefühl und die Ekstase, das Aufspringen und einander Umarmen kannte Fru von den Gottesdiensten in Kamerun, in den katholischen und reformierten Gottesdiensten in der Schweiz dagegen war es *sadly missing*, schlicht und einfach nicht vorhanden.

Auf einmal musste er laut lachen - das Mikrophon war zum Glück ausgeschaltet: Die schwarzen Menschen waren eben doch die besseren Schweizer, jedenfalls beim Fussball! Beim Fussball standen die schwarzen Spieler hoch im Kurs, da konnte man nicht genug betonen, dass sie Schweizer waren, gute Schweizer, beste Schweizer. Der Kameruner Breel Embolo war auf dem besten Weg dazu, als Fussballgott verehrt zu werden. Doch sofort wurde Fru wieder ernst. Ein Wunder von Bern würde es sein, wenn die Fans beider Mannschaften nach dem Fussballspiel miteinander freundschaftlich verbunden blieben und nicht in heiligem Krieg aufeinander losgingen. Sprach er vielleicht gerade ein Gebet? Umgeben von Geplauder und Lachen wünschte er in der Stille des Herzens allen ein fröhliches Fussballabendmahl mit Bier und Chips.

Das Tram füllte sich mit Pilgern in Sportkleidung, gelb und schwarz die YB-Fans, rot und blau die Basler. «*Let's go*», sagte der Trampilot - zu wem eigentlich? Doch das Tram weigerte sich. «Bitte die Türen freigeben», forderte Fru seine Passagiere durch den Lautsprecher auf. Die Leute drängten sich noch näher an- und zueinander. Das Tram setzte sich in Bewegung, an der Heiliggeistkirche und den Berner Arkaden vorbei Richtung Zytglogge.

In seiner Führerkabine fühlte Fru sich keineswegs allein. Da war eine Gegenwart, die nicht von den Pilgern ausging. Zu dieser Gegenwart hat Fru *let's go* gesagt. Ein Lächeln huschte über sein Gesicht, seine weissen Zähne blitzten. Fantasie oder Wirklichkeit? Er hatte mit seinem Bruder gesprochen. Ja, er war Schweizer, aber er war auch Kameruner; er lebte mit den Toten. Meditativ stellte er sich Samuels Anwesenheit neben sich vor. Das war ein Akt des Willens, für skeptische Europäer ein Ding der Unmöglichkeit, aber es gehörte nun einmal zu seiner Kultur. Im Tram ereignete sich nichts Auffälliges. Gelb-Schwarz und Rot-Blau schienen sich bestens zu unterhalten. «Im Augenblick jedenfalls», liess Fru den grossen Bruder sprechen, «aber selbst nach dem Spiel wird alles gut ausgehen, ich bin ja bei dir.» Fru fühlte sich ruhig und getragen. Ob nicht die Frommen recht hatten, wenn sie diese Beruhigung von Gott erwarteten und nicht von einem gestorbenen und doch quicklebendigen Bruder, überlegte er. «*So what's the difference?*», meinte dieser. «Hast du etwa gar ein schlechtes evangelikales Gewissen, kleiner Bruder? Völlig unnötig. Wie oft haben Menschen zu dir gesprochen und du hattest den Eindruck, Gott habe durch sie gesprochen, gerade auch durch deine Kinder? Warum also nicht auch durch die Vollendeten? In uns ist Gott doch auch.»

Das Tram näherte sich dem Guisanplatz und hielt kurz an. Die nächste Haltestelle war das Wankdorfstadion. Die Gelb-Schwarzen und die Rot-Blauen verliessen friedlich das Tram. «Alles in bester Ordnung», meldete der Trampilot dem Überwachungsdienst ins Büro zu Frau Ott und fuhr weiter bis zur Endstation am Bahnhof Wankdorf. Der Extrazug aus Basel war gerade eingetroffen. Aus dem Bahnhof strömten fröhliche rot-blaue Männer, Frauen und Kinder, oft ohne zu schauen die Tramschienen überquerend. Fru fuhr ganz langsam und betätigte immer wieder die Klingel. Die meisten begaben sich zu Fuss ins nahe Stadion, andere liessen sich die kurze Strecke dorthin von Fru mitnehmen, als er zurück zum Hauptbahnhof und weiter nach Wabern fuhr.

Ab Wankdorfstadion war das Tram auf der Rückfahrt ziemlich leer. Im Breitenrain stiegen einige wenige Männer und Frauen ein, die zu Sonntagseinkäufen ins Stadtzentrum fuhren, beim Hauptbahnhof waren es vor allem junge Familien, welche das Tram bevölkerten. Diese waren unterwegs zum Gurten. Der Hausberg Berns war ein Kinderparadies mit Spielplätzen und einer Kinderbahn für Gross und Klein.

Fru absolvierte zwei Fahrten zwischen Wabern und der Endstation Bahnhof Wankdorf. Da er das Fenster der Fahrerkabine geöffnet hielt, vernahm er jeweils bereits ab Kornhausbrücke, spätestens ab Breitenrain die Sprechchöre, Fangesänge und Lautsprechermitteilungen. Bei der dritten Fahrt schlug ihm beim Stadion Torgebrüll entgegen. Als Gastgeber waren die gelb-schwarzen Fans wohl in der Überzahl. Aus der Wucht des Gebrülls und vom Mitschreien von Passanten auf der Strasse schloss Fru, dass es die Gelb-Schwarzen waren, welche das Tor geschossen hatte. «Zwei zu eins für die Berner», bestätigte Mähnäbte, die auf ihrem Überwachungsposten das Fussballspiel am Fernseher verfolgte. «Seid auf der Hut vor wild werdenden Baslern.» - «Ein spannendes Spiel», fand Samuel.

Kurz vor Spielende standen mehrere Tramzüge bereit, um Sieger wie Besiegte aufzunehmen. Die Trampiloten, unter ihnen die scharfe Lotte und der dicke Franz, machten einander gegenseitig Mut. Es stand drei zu zwei für die Rot-Blauen. «Wehe uns, wenn die Berner Bären wütend sind», sorgte sich die scharfe Lotte und schlug ihre riesigen Hände zusammen. Frus Tram stand zuvorderst. Er fuhr los. Die Strasse vor dem Stadion war für Autos gesperrt. Es wimmelte von gelb-schwarzen und rot-blauen Männern, Frauen und Kindern, lachend oder schimpfend, manche Kinder weinend und schreiend. Fru befand sich in gespannter Konzentration. Langsam und klingelnd bahnte er sich für sein Tram einen Weg bis kurz vor die Haltestelle. «Stopp!», sagte eine innere Stimme, «ein paar Berner Rowdies wollen deine Frontscheibe verspraven, damit die Tramzüge steckenbleiben. Steig aus und stell dich vor das Tram.» Fru drückte auf den Alarmknopf - der Hilferuf zu Frau Ott. Er stellte sich vor das Tram und wartete mit ausgebreiteten Armen auf die Sprayer. «Das ist kein Basler Tram, sondern ein Berner Tram, das genau wie ihr zu den Verlierern gehört», rief er ihnen zu. Die Sprayer standen ruckartig still, verblüfft über die Worte und unsicher wegen des freundlichen, aber bestimmten Schwarzen. Von zwei Seiten sah Fru Polizisten sich durch die Menge zwängen, avisiert von der Alarmzentrale Ott. «Seht ihr diese Polizisten», sagte er zu den Randalierern, «steigt sofort und friedlich ins Tram, dann wird euch nichts geschehen.» Die Sprayer liessen sich das nicht zweimal sagen und verschwanden im Tram. Von der Führerkabine aus winkte Fru den staunenden Polizisten freundlich zu, als er sanft an ihnen vorbeirollte, gefolgt von den Tramzügen von Franz und Lotte. Bloss wenige Meter fehlten bis zur eigentlichen Haltestelle Wankdorfstadion. Fru hielt an und liess weitere gelb-schwarze und rot-blaue Passagiere einsteigen. Würden diese sich friedlich verhalten? Aus dem Wagen tönte es recht laut. Aber er hatte keine Angst. Ein absolut verrückter Gedanke fuhr ihm durch den Kopf. Er musste lachen. Vielleicht sollte er mit seinen Passagieren beten - natürlich ein besonderes Gebet. Er stellte die Verbindung zum Wageninnern sowie zu seinen Tramkollegen und der Sicherheitszentrale her und stimmte *Ramseiers wei ga grase* an. Mähnäbte verschlug es zuerst vor Schreck und dann vor Wonne die Sprache, als sie aus Strassenbahnen und Bussen aus tausenden von Kehlen dieses Lied hörte, doch schliesslich stimmte auch sie herzhaft mit ein. Beim Hauptbahnhof stiegen die Gelb-Schwarzen und Rot-Blauen unter begeistertem Fidiri-Fidira-Fidirallalla aus. Sie umarmten einander, tauschten Handynummern aus und trennten sich in herzlicher Eintracht. Ein neues Wunder von Bern hatte sich ereignet.

Das Kind einer grossen Liebe

Am Montag nach dem Wunder von Bern hatte Fru frei. Frau Ott war eine verständnisvolle Chefin. Nachdem sie von Herrn Ndinibams tragischem Verlust gehört hatte, war für sie klar, dass sie die Arbeitseinsätze ändern würde. Am Sonntag hatte sie auf den aussergewöhnlichen Trampiloten nicht verzichten können, doch jetzt war Montag. Sie kannte und respektierte die starken und widersprüchlichen Gefühle ihrer schwarzen Mitarbeiterinnen und Mitarbeiter - himmelhochjauchzend, zu Tode betrübt. Bei den spannungsreichen Fussballspielfahrten war Fru darauf bedacht gewesen, dass alles harmonisch ablief. Für die geistige Nähe des verstorbenen Bruders war er dankbar. Doch Afrikaner verdrängen trotz Begeisterung und Fröhlichkeit nie ihre Gefühle der Trauer. Sie wollen laut weinen und schreien, am liebsten nicht allein. Das wusste auch Cornelia. Sie hatte sich eine kleine Lüge erlaubt und sich krankgemeldet. Fru glaubte von ganzem Herzen an die Lebendigkeit seines verstorbenen Bruders, aber er würde ihn nie mehr in die Arme nehmen können. Er musste sich in die neue Beziehung erst noch einarbeiten. Im Augenblick war Trauer angesagt. Als er nach dem schweren Sonntag-Arbeitstag nach Hause gekommen war, hatte er mit seinen Lieben, mit Cornelia, Sophia, Julian und Mutter Margareta zwar noch eine Zeitlang gelacht, *Ramseiers wei ga grase* gebetet und auch etwas gegessen. Aber dann hatten sie nach Bali-Nyonga angerufen und lautstark geweint. Und doch auch wieder gelacht, vor allem, als Julian treuherzig sagte: «Schwarze Menschen können lauter weinen als gewöhnliche Schweizer, schwarze Menschen sind eben doch bessere Schweizer. Wir sind im Weinen Weltmeister.» Schlagartig waren sie durch Julians Bemerkung auch im Lachen Weltmeister geworden. Doch dann wurde wieder geweint. Später zog sich

Grossmama mit Sophia in ihre Wohnung zurück, sorgte für die Streicheleinheiten und setzte sich dann betrübt vor den Fernseher. Eigentlich hatte sie beten wollen, doch durch das Gebet wäre sie niemals auf andere Gedanken gekommen, also schaute sie sich einen Thriller an, bei dem geschossen und gemordet wurde. Der Thriller entspannte sie, sodass sie zu Bett gehen konnte. Dieses war bereits besetzt. Sophia war während der Knallerei unbemerkt in Grossmamas Zimmer gezogen. Margareta Tschanz war das nicht unangenehm; sie hatte ein Doppelbett, das sie jahrelang mit Emil geteilt hatte. Später tappte auch Julian die Treppe hoch und legte sich zu Grossmama, sich eng an sie schmiegend. «Daddy und Mamsy haben ihre Zimmertür abgeschlossen», murmelte er entschuldigend. Margareta verstand die Bedeutung der abgeschlossenen Zimmertür. Trauer und das Verlangen nach körperlicher Vereinigung gehörten zusammen. «Miggi», flüsterte sie dankbar und blickte zärtlich in die Finsternis des nächtlichen Zimmers. Wenn sie traurig waren, hatten sich die Eheleute Tschanz besonders innig geliebt. Ihre Tochter Cornelia war neun Monate nach dem Bergtod von Emils Schwester Myriam auf die Welt gekommen. Hätten Emil und sie damals so viel über afrikanische Kultur gewusst wie Margareta Jahre später, hätten sie Cornelia den Namen Myriam-Tunde gegeben, Myriam ist zurückgekommen.

Mutter und Tochter verstanden sich auch ohne Worte. Als ehemalige Bäuerin war Margareta es gewohnt, früh aufzustehen, und Grossmama wusste, was zu tun war. Sie kümmerte sich um die Enkel und bereitete ein reichhaltiges Frühstück für fünf Personen zu. Aus dem Kühlschrank ihrer eigenen Wohnung hatte sie Speckscheiben heruntergebracht. Sie lächelte, als sie den Speck briet und die Eier aufschlug. Sie wusste, der verführerische Duft des gebratenen Specks würde durch das Schlüsselloch des Schlafzimmers dringen. Sie hatte richtig geraten. Grossmutter und Kinder vernahmen das Geräusch des sich drehenden Schlüssels und unter der Türe erschienen mit verliebten Blicken Cornelia und Fru in Morgenmänteln.

Fru verbrachte den Tag mit Briefen und Telefonaten. Die Telefongespräche mit den Angehörigen in Bali-Nyonga waren von lautem Weinen und Schreien begleitet. In der afrikanischen Kultur gibt es Trost-Heulerinnen, welche es den Trauernden ermöglichen, sich richtig gehenzulassen, den Schmerz nicht zu verdrängen, sondern ihn herauszuschreien. In den Telefonaten mit den schockierten Mitarbeiterinnen und Mitarbeitern im Missionshaus Basel ging es um die grosse umfassende Kirchentrauer. Samuel war der erste einheimische Finanzzuständige der presbyterianischen Kirche Kameruns gewesen. Wer sollte und konnte dieses Ressort übernehmen? Basel musste - Bürgerkrieg hin oder her - bis zur Ausbildung und Einarbeitung einer einheimischen Fachperson wieder einen Schweizer oder eine Deutsche nach Kamerun entsenden.

Zu ihrer persönlichen Trauerverarbeitung spielten Cornelia und Fru die *Sicilienne* von Gabriel Fauré, ein in die Ruhe führendes melancholisches Stück für Klavier und Violoncello in g-Moll, Fru am Klavier, Cornelia mit dem Cello. Nach dem gemeinsamen Musizieren konnte Fru wieder normal denken.

Gegen 19 Uhr begab sich das Ehepaar mit einer gewissen Spannung an den Elternabend, zu dem Sophias junge Lehrerin, Esther Aruna Chellamuthu, eingeladen hatte. Nebst den üblichen Schulproblemen sollte Sophia zur Sprache kommen. Nicht weil es an Ndinibams Tochter etwas zu bemängeln gegeben hätte, ganz im

Gegenteil. Sophia hatte einen Aufsatz geschrieben, bei dem Frau Chellamuthu vor Begeisterung und Rührung in Tränen ausgebrochen war. Frau Chellamuthu hatte die Eltern Ndinibam-Tschanz angerufen und sie über den Inhalt des Aufsatzes benachrichtigt. Sie nannte die Zwölfjährige eine werdende grosse Dichterin und sagte, sie wolle das Kunstwerk, wie sie es nannte, gerne vorlesen, brauche dazu aber das Einverständnis der Eltern, da der Aufsatz intime Einblicke in das Leben der Familie biete. Ndinibams liessen sich die intimen Details schildern. Die Eltern blickten einander an, nickten und gaben noch am Telefon ihre Einwilligung. Sophia hatte Vater und Mutter bereits mit Wärme von ihrem Aufsatz erzählt.

Die Zusammensetzung der Teilnehmerschaft am Elternabend hätte für das einundzwanzigste Jahrhundert nicht typischer sein können. Es erschienen weisse, schwarze und braune Schweizerinnen und Schweizer, dazu ein alleinerziehender deutscher Vater, ein Elternpaar aus Island sowie ein Paar aus Afghanistan, das Asyl beantragt hatte. Die Afghanen, die noch kaum richtig Deutsch sprachen, wurden von Sohn Aren begleitet, einem Mitschüler von Sophia. Der Bub diente als Übersetzer. Frau Chellamuthu goss Kaffee ein. Bevor man auf die eigentlichen Schulprobleme zu sprechen kam, erkundigte sich die isländische Mutter nach dem Hintergrund des Namens der Lehrerin, an deren hübschem Gesicht, den dunklen Augen und dem schwarzen Haar man die tamilische Herkunft unschwer erkennen konnte. Frau Chellamuthu wechselte problemlos von reinstem Berndeutsch zu Hochdeutsch und umgekehrt. Wenn sie sich an die ganze Gruppe wandte, sprach sie Hochdeutsch. «Wir Tamilen haben eigentlich gar keine Familiennamen», erklärte sie. «Da ich Schweizerin bin, gilt Chellamuthu als Familienname. Chellamuth ist der Vorname meines Mannes, der ebenfalls Schweizer ist. Chellamuthu heisst kostbare Perle. In Sri Lanka übernimmt man sozusagen als Familiennamen den Vornamen des Vaters und als Frau dann den Vornamen des Ehemannes. Ich heisse Aruna - Morgenröte -, aber alle nennen mich Esther. Esther ist mein Taufname. Unsere Namen erzählen allen immer eine ganze Familiengeschichte. Mein voller Name ist Esther Aruna Chellamuthuthirugnasampathamoorthy.» Alle brachen in schallendes Gelächter aus. «Das können wir unmöglich nachsprechen!» - «Der Name des Vaters meines Mannes ist Thirugna. Also könnte ich Chellamuthuthirugna heissen. Doch da der Grossvater meines Mannes ein berühmter Mann war, darf auch sein Name nicht in Vergessenheit geraten und muss weiter überliefert werden. Das ergibt den Namen Chellamuthuthirugnasampathat. Noch viel berühmter war Moorthy, der Urvorfahr der Familie. Darum ist mein voller Name Esther Aruna Chellamuthuthirugnasampathamoorthy.» - «Dass Sie das überhaupt aussprechen können», staunten alle. «Das ist nicht besonders schwierig für diejenigen, welche die Bedeutung der Worte kennen. Auf Deutsch würde ich heissen: Esther Morgenröte KostbarePerle-erster-Sohn-leuchtender-Mond-kräftiger-Baum.» - «Zum Glück haben wir so etwas in Europa nicht», meinten diejenigen Schweizer, welche Karl May als Bleichgesichter bezeichnet hätte. «O doch», protestierte Gunnars Mutter aus Island. «Ich heisse Asta Runnarsdottir, die Tochter von Runnar.» - «Und unser Sohn ist Gunnar Einarson, denn mein Name ist Einar», ergänzte ihr Mann.

Die Eltern erkundigten sich nach den schulischen Leistungen ihrer Kinder. «Sollten wir uns mit unserer Tochter bei der Erziehungsberatung melden und sie psychologisch untersuchen lassen?», fragten die Eltern von Belinda Krummenacher besorgt.

Frau Chellamuthu war erstaunt. «Ich kann Sie beruhigen», beschwichtigte sie. «Belinda ist zwar ein stilles Kind, aber aufmerksam und konzentriert. Es liegt nicht der geringste Grund vor, sie auf ADS überprüfen zu lassen.» Krummenachers zuckten zusammen. «Natürlich liegt bei unserer Tochter kein Aufmerksamkeits-Defizit-Syndrom vor», brummte Herr Krummenacher beleidigt. Frau Krummenacher blickte ihren Mann stolz an; sie selber hatte die Bedeutung des Kürzels ADS nicht gekannt. «Wir möchten wissen, ob unsere Belinda nicht in eine Schule für Hochbegabte versetzt werden müsste», rief Herr Krummenacher so laut, dass alle anderen Eltern es hörten. Aruna Chellamuthu schluckte dreimal leer. Belinda war keine schlechte Schülerin, aber längst auch keine der Besten; im Mittelfeld gehörte das Kind eher zu den schwächeren. Wie sollte sie antworten? Sie kniff die Augen zusammen, was sie immer tat, wenn sie ein bisschen lügen musste. «Ich weiss, dass Belinda oft so still dasitzt, weil sie dem einen oder anderen Kind überlegen ist», entgegnete sie. Dann öffnete sie Augen weit und erklärte mit Bestimmtheit: «Von einer Abklärung durch die Erziehungsberatung würde ich aber dringend abraten. Lassen sie Ihre Tochter Kind sein.» Sie wandte sich anderen Eltern zu und überliess Krummenachers ihrem persönlichen Ehepaargeflüster.

Nebst den eigentlichen schulischen Leistungen kamen auch Streitigkeiten der Kinder zur Sprache. Das Mädchen Ayana Alenayehu war von einem Mitschüler als Mohrenkopf bezeichnet worden. Fru und Cornelia unterdrückten ein Lächeln. Frau Chellamuthu hatte die Sache mit den Kindern bereinigt. Sie erklärte den Eltern, dass Ayana den übergewichtigen und grossen Buben Hansueli Mettler als *sibe dick u zwe läng* verspottet habe, worauf dieser mit *Mohrenkopf* reagiert habe. Der ebenfalls beleibte und grosse Vater des Jungen dankte der Lehrerin für ihr Bemühen, in ihrer Klasse körperbezogene, rassistische oder religiöse Herabwürdigungen nicht zu dulden. Die Eltern Alenayehu und Mettler reichten einander die Hand.

Eine zweite Kaffeerunde leitete über zum Vorlesen von Aufsätzen. Die Kinder hatten den Auftrag erhalten, über ihre Familien und ihre Herkunft zu schreiben, Thema: Wer bin ich? Aus den meisten Aufsätzen las die Lehrerin nur wenige Zeilen. Einiges reizte zum Lachen.

Hansueli Mettler hatte geschrieben: «Mein Vater ist Apotheker. Wenn die Leute Pillen brauchen, kommen sie zu ihm. Ich habe noch eine jüngere Schwester. Meine Mutter ist Pflegefachfrau. Wenn sie kocht, gibt es viel Salat und lauter gesunde Sachen. Ich habe es aber lieber, wenn der Vater kocht, dann gibt es viel Fleisch. Bei mir muss es immer Fleisch sein.»

Aren Amadullah berichtete von der Flucht von Vater, Mutter und fünf Kindern aus Afghanistan und von seiner Hoffnung, in der Schweiz bleiben zu dürfen. Sein letzter Satz lautete: «Ich es lieben, wenn Mama hier ohne Burka können herumgehen.» Aren bekam von einer freiwilligen Mitarbeiterin der Lehrerin Stützunterricht in Deutsch. Diese hatte den Satz korrigiert. Er lautete nun: «Ich schätze es, dass Mama in der Schweiz keine Burka tragen muss.»

Ayana Alenayehu hatte ihre alte Heimat noch nie gesehen. Sie war in der Schweiz auf die Welt gekommen, aber sie war stolz auf ihre äthiopischen Wurzeln. «Wir sind die Nachkommen des jüdischen Königs Salomo und seiner Geliebten, der Königin von Sabah», rühmte sie.

Den Höhepunkt bildete Sophias Werk. Der Ausdruck «Werk» stammte von der Lehrerin. «Wenn die Kinder den Aufsatz nicht in der Schule geschrieben hätten, hätte ich angenommen, dass Sophias Mutter den Aufsatz abgefasst habe», meinte Frau Chellamuthu. «Sie entschuldigen, Herr Ndinibam, Sie sprechen gut Deutsch, sogar Schweizerdeutsch, doch Ihr Deutsch hat einige charmante Besonderheiten. Der Aufsatz Ihrer Tochter ist ein Kunstwerk einer werdenden Schriftstellerin. Von ihr können Sie weiterhin gut Deutsch lernen.» Und wieder an die Allgemeinheit gewandt, fuhr sie fort: «Die Tochter von Herrn und Frau Ndinibam hat über ihren Aufsatz den Titel gesetzt: 'Das Kind einer grossen Liebe'.»

Durch demonstratives Räuspern gelang es ihr, selbst Krummenachers zum Schweigen zu bringen, die sich mit Frau und Herrn Amadullah lautstark über Sinn und Unsinn - vor allem Unsinn - des Tragens von Burkas und Kopftüchern unterhielten. Sie versicherte sich, dass auch wirklich alle zuhörten; dann begann sie zu lesen.

Wenn die Worberinnen und Worber mit dem blauen Bähnli, wie alle die Strassenbahn liebevoll nennen, nach Bern fahren, kommen sie an der Haltestelle Gümligen Siloah vorbei. Gümligen hat während des zweiten Weltkriegs eine grosse Rolle gespielt. Siloah ist ein Krankenhaus. Vom Spital aus geht der Blick hinüber zum Schloss Gümligen, wo zwischen 1939 und 1941 der berühmte Schweizer General Henri Guisan sein Dienstquartier hatte. Das Krankenhaus selber bestand damals aus einem sichtbaren und einem unsichtbaren Teil; der unsichtbare befand sich unter der Erde und würde im Fall eines Angriffs als unterirdisches Spital gedient haben. Heute ist der unterirdische Trakt eine Einstellhalle für Autos, zuvor waren die grossen Räume jedoch jahrelang ein Auffanglager für neu angekommene Flüchtlinge aus allen möglichen Ländern. Einer dieser Flüchtlinge war mein Papa. Dort im Untergrund sah ich diesen schönen Mann zum ersten Mal. Gekannt habe ich ihn jedoch, seit ich reden und verstehen kann, durch die liebevollen Erzählungen meiner Mutter. Mein Papa ist dunkelhäutig, dunkler als ich, Mama ist ja weiss. Er und meine Mama haben sich in Bali-Nyonga, im Grasland von Kamerun, kennengelernt. Beide waren Lehrer und Lehrerin an einem kamerunischen Gymnasium. Mein Papa ist in seiner kamerunischen Familie mit einem Vater und vier Müttern aufgewachsen, aber auch in einer Schweizer Familie ist er ein- und ausgegangen. In dieser Familie wurde viel musiziert. Durch seine Schweizer Familie ist Papa ein ausgezeichneter Pianist geworden und hat später am Presbyterian College Bali-Nyonga neben Französisch und Englisch auch Musik unterrichtet. Meine Mutter ist Cellistin. Sie sollten meine Eltern einmal erleben, wenn sie ein Konzert geben, Frau Chellamuthu.»

Die Lehrerin hob ihren Blick von Sophias Aufsatz und sagte: «Das werde ich, werte Anwesende. Ich werde gern an ein solches Konzert gehen und ich kann Ihnen versichern, dass Sophia nicht nur eine Schriftstellerin ist, sondern auch eine Pianistin.» Sie räusperte sich erneut, diesmal leicht ärgerlich. Krummenachers tuschelten bereits über ein neues Thema: Schulbaden. «Dieses Problem haben wir an unserer Klasse nicht», beruhigte Frau Chellamuthu, «wir haben keine Eltern, die ihre Mädchen nicht in den Schwimmunterricht schicken. Darf ich weiterlesen?» Krummenachers nickten. Die Lehrerin fuhr mit warmer Stimme fort:

Durch die Musik haben sich meine Eltern ineinander verliebt. Es waren schwierige Zeiten. Der Bürgerkrieg zwischen dem kleineren englischsprachigen Teil Kameruns und dem grossen mächtigen französischen Teil war ausgebrochen. Die Schweizer mussten Kamerun verlassen. Dass ich bereits unterwegs war, wusste niemand, auch mein Vater nicht. Mama hatte ihre Schwangerschaft mit Absicht geheim gehalten. Mein Papa war bereits mit einer Kamerunerin verheiratet. Eine weisse Missionarin mit einem unehelichen schwarzen Kind, das hätte eine grosse Aufregung gegeben.

Mama hatte mir immer versprochen, nach dem Bürgerkrieg mit mir nach Kamerun zu reisen, um mich meinem Papa vorzustellen, falls er überhaupt noch lebte. Er war in politische Schwierigkeiten verwickelt worden und die Verbindung mit dem Missionshaus in Basel war abgebrochen. Vielleicht war er entführt oder ermordet worden.

«An dieser Stelle im Aufsatz werde ich mit Sophia darüber sprechen, dass hier ein neuer Abschnitt beginnt», unterbrach die Lehrerin kurz, fuhr dann jedoch sofort weiter, als sie feststellte, dass Krummenachers sich anschickten, weiterzutuscheln. «Kein Wunder, dass Belinda so wenig spricht», dachte Aruna Chellamuthu, «bei solchen Eltern kommt ein Kind gar nie zum Reden, die können ja nicht zuhören.» Sie vertiefte sich wieder in den Aufsatz und las weiter:

Eines Tages ganz früh am Morgen rief Tante Elisabeth an. Papa nennt Elisabeth und Joachim Schneider Mama und Papa. Sie sind uns nicht verwandt, aber sie sind Papas Schweizer Eltern. Ihre Buben Leon und Elias sind seine Brüder und Lea ist seine Schwester. Ich lag noch im Bett. Ich hörte Mamas Freudenschrei. Ich war erst fünf Jahre alt, aber ich erinnere mich, wie ich aus dem Bett sprang und in die Stube rannte. Über Mamas Gesicht rollten Tränen, aus dem Telefon klang Tante Elisabeths Stimme laut und aufgeregt. Es war etwas mit Papa, aber offenbar etwas Gutes. Noch am selben Tag trafen wir uns am Bahnhof Bern. Tante Elisabeth, Onkel Joachim, Onkel Leon und Onkel Elias kamen aus Basel, Tante Lea wohnt in Bern. Wir fuhren mit dem blauen Tram bis zur Haltestelle Gümligen Siloah. Wir überquerten die Strasse und begaben uns in so etwas wie einen riesengrossen Keller. Eine Frau in Heilsarmeeuniform wartete bereits auf uns, geheimnisvoll lächelnd. Sie hatte einen Plan. Als erstes mussten Elias, Leon und Lea antreten. «Der Mann, der dort mitten im Raum Tischtennis spielt, ist dein Papa», flüsterte Mama und griff sich ans Herz. Leon, Elias und Lea näherten sich den spielenden Männern. «Fru Ndinibam?», fragte Tante Lea. Der schöne dunkelhäutige Mann drehte sich um. «Ja, ich bin Fru Ndinibam», erwiderte er. Elias, Leon und Lea fingen an zu singen: «Ramseiers wei ga grase ...» Papa schleuderte den Tischtennisschläger in hohem Bogen davon und stürzte sich in die Arme seiner drei Schweizer Geschwister. «Dürfen wir an der Umarmung auch teilhaben?» Das war Onkel Joachims Stimme, der mit Tante Elisabeth hinzugetreten war. Und dann ...

Hier versagte Frau Chellamuthus Stimme. Sie atmete tief. «Entschuldigen Sie, das ist fast zu viel für mich.» Selbst Herr und Frau Krummenacher sassen tief bewegt und stumm da. Es herrschte eine geradezu heilige Stille. Die Lehrerin wischte sich die Tränen von den Wangen; sie reinigte mit einem feuchten Tüchlein die Brille und las weiter:

Und dann erblickte Papa uns. Ich hatte bis dahin keine Ahnung, dass man so laut schreien und gleichzeitig küssen und umarmen kann. «Das ist ... das muss ... ja, ist das möglich ... o mein Gott ...» Mit seinen Armen erdrückte er mich fast, aber ich fühlte mich, obwohl ich kaum mehr atmen konnte, wie im Himmel. Ich war ganz nass von Papas und Mamas Tränen. Ich bin das Kind einer ganz grossen Liebe.

Frau Chellamuthu schloss Sophias Aufsatzheft. Ihre Augen leuchteten; sie trat auf Fru und Cornelia zu. «Darf ich?», fragte sie. Sie umarmte die beiden. Alle Anwesenden klatschten stürmisch Beifall.

Der Tramengel

Sophias wunderbarer Aufsatz war für Fru zum Anlass geworden, sich einmal mehr mit seiner Vergangenheit auseinanderzusetzen. Das war wichtig. Martha Haldimann, die Juristin im Ruhestand, die auf dem Laufband der Migros Worb in seinen Armen gelandet war, 'günstig gefallen', wie sie lachend immer wieder sagte, war die Mutter des Rektors des Gymnasiums Kirchenfeld. Rektor Haldimann hatte die Anregung seiner Mutter, Fru Ndinibam zu einem Vortrag über den Bürgerkrieg in Kamerun einzuladen, dankbar aufgenommen. Selbst er wusste nicht allzu viel über den Sprachen- und Kulturkrieg in dem Land mit zwei offiziellen Amtssprachen. In der Schweiz, dem Land mit vier Landessprachen müssten die Menschen eigentlich besonders informiert sein. Das war jedoch nicht der Fall. Zu viele andere Konflikte und Kriege standen im Fokus des allgemeinen Interesses. Der Rektor beschloss, diese Informationslücke mit Frus Hilfe zu schliessen.

Drei Wochen nach dem Elternabend mit Sophias Aufsatz bei Frau Chellamuthu war Fru unterwegs zu einem Vortrag bei jungen Menschen. Er sass in der blauen Anna, diesmal nicht als Chauffeur, sondern als Passagier. Er brauchte sich um nichts zu sorgen, er war in guten Händen. In der Fahrerkabine sass Eliane Wälchli, eine gute Trampilotin. Er war anders gekleidet als sonst. Die Gymnasiastinnen und Gymnasiasten sollten auch einiges über die Kultur seiner alten Heimat erfahren, über Kleider, Webereien, Stofffärben, Symbole, Töpfereien und Schnitzereien. Er war so tief in Gedanken versunken, dass er nicht einmal bemerkte, dass in Gümligen zwei Personen der Fahrscheinkontrolle zugestiegen waren.

«Ihren Fahrschein bitte», hörte er eine Frauenstimme sagen. Fru fuhr auf und blickte in das verblüffte Gesicht seiner Chefin Frau Ott. Mähnäbte setzte sich von Zeit zu Zeit bewusst mit der Arbeit ihrer Mitarbeiterinnen und Mitarbeiter auseinander, um mit den Erfahrungen, Arbeitsbedingungen und Erlebnissen ihrer Leute vertraut zu bleiben. Sie war eine geübte Tramfahrerin, aber auch eine fast so strenge Kontrollperson wie die scharfe Lotte. «Ich habe Sie zuerst gar nicht erkannt», staunte Mähnäbte. «Ich habe Sie nie in solcher Kleidung gesehen.» - «Ich werde um zehn Uhr im Gymnasium für einen Vortrag über den Bürgerkrieg in Kamerun erwartet. Ich habe darüber nachgedacht, was ich sagen werde, darum habe ich nicht aufgeschaut. Hätten sich unsere Blicke gekreuzt, würden Sie mich erkannt haben, Frau Ott.» - «Daran zweifle ich nicht, Herr Ndinibam, aber dieses Gewand! Darf ich ...» Bewundernd fuhr sie mit der Hand über Frus Robe, über die bunten lebendigen Muster. «Herr Rinaldi», rief sie durch das ganze Tram ihrem Kontrollkollegen zu, «kommen Sie, schauen Sie und fühlen Sie. Scheint Baumwolle zu sein, aber fühlt sich fast an wie Seide.» Auch Giovanni Rinaldi staunte. «Buongiorno, amico», grüsste er kollegial, und grinsend fragte er: «Spielst du heute im Theater den *Prinzen aus Zamunda* mit dir in der Hauptrolle?» Doch bewundernd fügte er sogleich hinzu: «Echt toll siehst du aus. So etwas müsstest du häufiger tragen.» - «Herr Ndinibam hält heute im Gymnasium einen Vortrag über Kamerun, Land und Leute, Kultur, Sprachen und Bürgerkrieg», erklärte Frau Ott.

«Mama, ist das ein Engel?», fragte ein kleines Mädchen, das an der Hand der Mutter in Muri zustieg. Die Männer und Frauen im Tram lachten, selbst diejenigen, die bis zu der Bemerkung des Kindes in ihr Smartphone gestarrt hatten. «Er hat keine Flügel», rief ein alter Mann freundlich durch das Tram, das klingelnd einige langsame Autos vor sich hertrieb und sich der Haltestelle Egghölzli näherte. «Aber er ist tatsächlich ein Engel», erklärte Frau Ott der Kleinen, «unser Tramengel, nicht wahr, Herr Rinaldi?» - «Ja, sicher, *bambina*, dieser Mann ist ein Tramengel.» - «Kann er Wunder tun?» - «Ja, das kann er, er kann das Wunder von Bern», grinste Giovanni. «Was ist das Wunder von Bern?», wollte das Kind wissen. Frau Ott blinzelte Giovanni zu. Zu dem Mädchen meinte sie geheimnisvoll: «Er bezahlt denjenigen, die ohne zu zahlen ins Tram eingestiegen sind, den Fahrschein.» - «Das mache ich nur bei Randständigen», wehrte Fru verlegen ab. «Hat sich das herumgesprochen, Frau Ott?» - «Wie Sie sehen, weiss ich es; die scharfe Lotte - ich meine Frau Oberholzer - hat es mir anvertraut.» - «Muss der Engel, der andern die Tramfahrt bezahlt, für seine Fahrt auch bezahlen?», wollte die Kleine wissen.

«Luisenstrasse», meldete die Mikrophonstimme.

«Dieser Engel ist oft selber Tramchauffeur», schaltete sich der alte Mann wieder ein, «er bezahlt nichts.» - «Da irren Sie sich», belehrte ihn Frau Ott eines Besseren. «Unsere Tramchauffeure und Tramchauffeurinnen müssen bezahlen, wenn sie nicht im Dienst sind, aber sie haben ein vergünstigtes GA für Tram, Bus und Eisenbahn.»

«Komm, Herzchen», forderte die Mutter ihr Kind auf, «wir setzen uns.» Sie zeigte Giovanni ihren Fahrschein.

Fru stand auf. «Helvetiaplatz, hier steige ich aus.»

Der ignorierte Krieg

Lange Zeit hatte Fru nicht herausgefunden, wie Schweizerinnen und Schweizer es anstellten, um auf die Minute genau zur verabredeten Zeit zu einem Termin einzutreffen. Sie brachen offensichtlich bewusst zu früh auf, um dann an Ort und Stelle die vereinbarte Zeit abzuwarten. Nun war Fru selber ein guter Schweizer. Um Viertel vor zehn wurde er vom Rektor erwartet, und es war neun Uhr vierzig, als er beim Gymnasium eintraf. Der neoklassizistische Bau mit seinen Säulen war 1926 in einer ruhigen Gegend des Kirchenfelds errichtet worden. Die Abiturienten konnten sich damals in der grossen Pause bis zu den Parkanlagen des Berner Zoos bewegen. 1962 wurden ihre Nachfolger allerdings durch die Eröffnung der Monbijoubrücke vom Park abgeschnitten; an der Vorderfront des würdigen Gebäudes brauste nun der Stadtverkehr vorbei. Bei der Skulpturengruppe von Karl Geiser stieg Fru die Treppe empor und betrat das ehrwürdige Gebäude. In allen Klassen wurde unterrichtet, in den Gängen hielt sich niemand auf. Vor einer Tafel mit Namen berühmter Ehemaliger blieb er stehen. Albert Anker - diesen Namen kannte jeder. Marc Baumgartner - der hatte doch etwas mit Sport zu tun? Fussball? Nein, die Schweizer Fussballspieler kannte Fru alle, vor allem die schwarzen. Marc Baumgartner war kein Fussballspieler. Jetzt kam es ihm in den Sinn: Marc Baumgartner, Handballspieler, Torschützenkönig in der Nationalliga A. Steff la Cheffe. Das hörte man doch bereits aus dem Namen: eine weltberühmte Köchin, ein Koch, wie die offizielle Bezeichnung auch für einen weiblichen *Chef de cuisine* lautete. Warum hatten berühmte Kochlöffel schwingende Frauen eigentlich Angst, sich Köchin zu nennen? Auf einmal musste er lachen. Angst - *mir hei e kei Angscht*, das war doch das Lied einer berühmten Schweizer Rapperin - einer Chefin eben.

Steff la Cheffe war weder Koch noch Köchin. Sie war Rapperin und Beatboxerin. Eine mutige junge Frau. Über ihr Beatboxing, die mit Mund, Nase und Rachen erzeugten Schlagzeugtöne, hatte er schon oft gestaunt. Wie hatte er bloss diesen Namen beinahe vergessen können? Steff la Cheffe war also auch hier aufs Gymnasium gegangen. Fru studierte weitere Namen. Christian Wasserfallen - irgend so ein Politiker. Beim Namen Mani Matter wurde ihm warm ums Herz. Mani Matters Lieder und Gedichte gehörten zu seinem Einstieg in den Berner Dialekt. Jedes Kind, aber auch jede Greisin und jeder Greis kannten Mani Matters Lieder. Man identifizierte sich mit der Weltsicht des Liedermachers. Ein Jahrtausendkünstler. Seine berndeutschen Lieder waren auf Französisch, Englisch, Arabisch und Japanisch übersetzt worden, wahrscheinlich in jede bedeutende Sprache. Politiker und Prediger unterstrichen ihre Reden mit Mani-Matter-Wendungen, in Freude und Leid, selbst in harten Auseinandersetzungen wurde er zitiert. Fru erinnerte sich an eine Redeschlacht an einer Sitzung, Mähnäbte händeringend, vergeblich um Ruhe und gegenseitiges Verständnis bittend. Es wurde immer hitziger. Da warf auf einmal der dicke Franz mit seiner starken Stimme und dem gewaltigen Resonanzbauch singend die Mani-Matter-Worte unter die Streithähne: «Si hei der Wilhälm Täll ufgfüert im Löie z'Nottiswil.» Er brauchte gar nicht das ganze Lied zu singen, bereits die Eingangsworte lösten erlösendes Gelächter aus. Anschliessend waren die Kontrahenten friedlich Bier trinken gegangen. Dort hatten sie dann das ganze humorvolle und doch ernste Drama gesungen. Mani Matter verstand es, die kompliziertesten Probleme auf einen einfachen Nenner zu bringen, aber auch banale Alltäglichkeiten in eine komplizierte, die Lachmuskeln anregende Verwirrung zu setzen.

Und obwohl alle die Pointe der Lieder kannten, warteten sie jedes Mal mit Spannung darauf. Nur einem Mani Matter gelang solches. Eine leise Wehmut überkam Fru. Warum hatte der grossartige Liedermacher so jung sterben müssen? Seine Witwe musste mittlerweile weit über achtzig Jahre alt sein. Vor der Namentafel stehend beschloss Fru, Joy Matter wieder einmal anzurufen. Mani hatte er persönlich nicht gekannt, mit Frau Matter dagegen hatte er in Fragen der Ausländerintegration zusammengearbeitet.

Auf der grossen Tafel stiess Fru noch auf weitere Berühmtheiten. Beim Namen Richard von Weizsäcker stutzte er, ein Gefühl der Ehrfurcht erfasste ihn. Der erste Bundespräsident des wiedervereinigten Deutschland war ebenfalls Schüler am Gymnasium Kirchenfeld gewesen.

«Richard von Weizsäcker hat bestes Berndeutsch gesprochen. Wir waren Klassenkameraden.» Fru drehte sich um. Hinter ihm stand Martha Haldimann, rechtzeitig für den Empfang bei ihrem Sohn, dem Rektor. «Ausgerechnet im Fach Deutsch hatte der gebürtige Deutsche keine gute Note. Deutsche Literatur war nicht gerade seine Stärke», erzählte Martha. «Als Richard regierender Bürgermeister von Berlin war, haben wir unsere Klassentreffen in Berlin abgehalten, in seinen Jahren als Bundespräsident dann in Bonn. - Gut siehst du aus, Fru, in deiner Robe.» Martha schaute auf die Uhr. Es war neun Uhr vierundvierzig. Fru grinste. Er begann zu zählen: «Neunundfünfzig, achtundfünfzig, siebenundfünfzig ... zehn, neun, acht, sieben, sechs, fünf ...» Bei null klopfte er an die Tür des Rektorats. «Herein.» Die Ähnlichkeit zwischen Mutter und Sohn war unverkennbar: dieselbe Nase, dieselben Augen, dasselbe Lächeln. Viktor Haldimann küsste seine Mutter. «Ihr seid pünktlich.» Fru streckte er die Hand entgegen. «Viktor», begrüsste er ihn, «ich bin Viktor. Die Freunde meiner

Mutter sind auch meine Freunde.» - «Fru», antwortet der so Begrüsste, «ich heisse Fru. Freut mich, Viktor. Es ist mir eine Ehre.»

Sie wechselten ein paar Worte über den Ablauf der Veranstaltung und begaben sich dann in die Aula. Fru blickte neugierig um sich. Ihn interessierten die fünf Gemälde, welche berühmte Berner Persönlichkeiten darstellten. Auf den ersten Blick erkannte er Jeremias Gotthelf und Ferdinand Hodler. Den Namen Philipp Emanuel von Fellenberg kannte er von Cornelia. Dieser Mann hatte Bahnbrechendes für die Landwirtschaft geleistet und sich als Pädagoge auch um die Volkserziehung gekümmert. Er betrachtete die beiden anderen Bilder. Von Theodor Kocher, dem Wegbereiter der physiologischen Chirurgie, hatte er bereits in Kamerun erfahren. Von dem Politiker Jakob Stämpfli dagegen hatte er noch nie gehört. Viktor war gerne bereit, ihm einiges über diesen Mann zu berichten.

«Jakob Stämpfli gehörte zu den Gründerfiguren der modernen Eidgenossenschaft, als diese von einem losen Staatenbund zu einem Bundesstaat wurde», berichtete Viktor, der nicht nur Rektor war, sondern auch Geschichte unterrichtete. «Jakob Stämpfli war der Anführer des zweiten Freischärlerzugs. Er sorgte für den Jesuitenartikel in der Bundesverfassung, wonach es Jesuiten nicht erlaubt war, in der Schweiz tätig zu sein.» Fru blickte fragend. «Es gab katholische Kantone, die sich gegen die Demokratisierung der Eidgenossenschaft zur Wehr setzten. Es kam zum Sonderbundskrieg. Da der Papst die Konservativen unter den Katholiken mit Hilfe der Jesuiten unterstützt hatte, sorgten die Liberalen für die Einführung dieses Sonderartikels. Er wurde 1973 aufgehoben. Jakob Stämpfli sprach fliessend Französisch. Als Bundesrat war er auch in der französischen Schweiz sehr beliebt.»

- «Die Geschichte hat uns gnädig behandelt», meinte Martha Haldimann, «wir hatten nie einen Sprachenkrieg.» Mit dieser Bemerkung waren sie beim Thema von Frus Vortrag: der Sprachenkrieg in Kamerun.

Die Aula füllte sich mit jungen Menschen, Burschen und Mädchen, die meisten weiss, aber auch schwarze, braune und asiatisch aussehende, einige wenige Mädchen mit Kopftuch. Auf der Bühne standen Musikinstrumente, afrikanische Djembes, aber auch Xylophone und Gitarren. Nach der Begrüssung und der Vorstellung Frus durch den Rektor begab sich eine Gruppe von Afro-Jugendlichen auf die Bühne zu den Instrumenten. Sie begannen zu spielen, zu trommeln und zu tanzen. Die Musikerinnen und Musiker verbanden ihre traditionellen afrikanischen Klänge mit Pop und Reggae. Die rockige Gitarrenmusik bildete mit den dröhnenden Djembes, den Xylophonen und den Blasinstrumenten ein harmonisches Ganzes, die wilden Sprünge der Tänzerinnen lösten beim Publikum einen Beifallssturm aus.

Nach der afro-europäischen Darbietung war Fru an der Reihe. Einige Zuhörerinnen und Zuhörer lächelten ihn besonders freundlich an. Es waren diejenigen, die jeweils am Helvetiaplatz in seine blaue Anna stiegen.

«Es lebe Deutschland. Es lebe die Basler Mission. Es lebe das Kurzzeitgedächtnis.» Mit diesen unerwarteten Worten begann Fru seinen Vortrag. Doch bereits bei den nächsten Sätzen verstanden die Zuhörerinnen und Zuhörer, warum Fru mit einem Lob Deutschlands angefangen hatte - mit einem scheinbaren Lob. «Frankreich und England waren grausame Kolonialmächte. Deutschland dagegen hat es gut gemacht. Das würden Ihnen, liebe

Jugendliche, die meisten Kameruner bestätigen», erklärte Fru, «denn sie erinnern sich nur an die englische und die französische Kolonialherrschaft, die noch nicht sehr lange zurückliegen. Bevor aber Kamerun nach dem ersten Weltkrieg unter Frankreich und Grossbritannien aufgeteilt wurde, waren wir eine deutsche Kolonie. An die deutsche Kolonialzeit erinnern einige gute Strassen, mächtige Brücken, die noch heute jeder Regenzeit standhalten, und zwei brauchbare Eisenbahnlinien. Dass diese Strassen, Brücken und Bauten von Einheimischen gebaut wurden, die man unter Peitschenhieben zur Arbeit gezwungen hatte, das weiss bei uns kaum mehr jemand. Aber wir können es in den Dokumenten im Missionshaus Basel nachlesen. Ohne die Basler Mission hätten wir keine Ahnung von unserer Geschichte; wir würden nicht einmal die Geschichte vor dem Kolonialismus kennen. Wir hatten keine Urkunden, unsere Traditionen haben wir mündlich überliefert. Unsere alten Sprachen und mit ihnen die mündliche Überlieferung gehen heute verloren. Die Missionare haben unsere Geschichtenerzähler aber interviewt und alles aufgeschrieben. Dank der Schweiz haben wir so etwas wie ein Gedächtnis.

Ich erlaube mir eine Zwischenbemerkung: In Kamerun und auch in Ghana fühlen wir uns ein wenig als afrikanische Schweizer, vor allem dort, wo die Basler Mission gewirkt hat. Ihre Pfarrer, Ärzte, Kaufleute, Hebammen und Lehrerinnen sind so etwas wie unsere Ahnen. Darum mein Dank an die Basler Mission. Zu meiner Freude habe ich die Namen einiger Missionare auf der Gedenktafel für berühmte Ehemalige des Gymnasiums Kirchenfeld gefunden.

Doch zurück zur Kolonialgeschichte. Wer sich gegen die deutsche, später gegen die französische oder englische Kolonialmacht erhob, wurde zum Tod verurteilt, selbst wenn er ein angesehener örtlicher

König war. Kamerun war nie eine Siedlungskolonie, in der sich die Europäer zu tausenden niedergelassen hätten. In Südafrika und Simbabwe hingegen, wo das Klima für Europäer erträglich ist, wanderten die Weissen ein. Sie übernahmen das Land für eine lumpige Bezahlung und liessen die Einheimischen auf deren ehemals eigenen Äckern, Feldern und in den Minen als Sklaven arbeiten. Kamerun war eine Beherrschungskolonie, wie man das heute nennt, d. h. einige wenige deutsche - später französische oder englische - Beamte und Militärs regierten durch die einheimischen Herrscher. Diese Beamten und Militärs blieben nie lange. Um nicht das Opfer von Krankheiten zu werden, kehrten sie jeweils nach kurzer Zeit in ihre Heimat zurück oder wurden in andere Kolonien versetzt. In dieser kurzen Zeit bereicherten sie sich, zogen Steuern ein, bemächtigten sich unserer Gewürze und Bodenschätze und setzten ihre eigenen europäischen Produkte bei uns ab. Die Schweiz hatte selber nie Kolonien, war jedoch durchaus am Kolonialismus beteiligt. Die Robe, die ich trage, stammt aus kamerunischer Produktion. Es gibt jedoch afrikanische Prachtsgewänder aus der Ostschweizer Textilindustrie, mit unseren Mustern und Symbolen, aber von Maschinen billig hergestellt. Dadurch wurden unsere Näherinnen arbeitslos. Schweizer Gewänder wurden mit besonderem Stolz getragen.

Die europäischen Beamten, Militärs und Händler blieben wie gesagt nur kurze Zeit. Wer dagegen lange blieb und eine Beziehung zu den Einheimischen aufbaute, das waren die Missionare. Ohne sie wären unsere eigenen Sprachen noch mehr verlorengegangen. Sie waren es, die Schulen und Spitäler bauten. Gewiss, die Missionare haben auch Fehler gemacht, aber sie gehörten zu uns und wir zu ihnen. Es gibt sogar besonders geliebte Missionare, die wir unter unsere Ahnen aufgenommen haben. Für uns sind die

Toten nicht einfach tot, sie begleiten uns und können angerufen werden. Wir geben ihnen sogar zu essen; heute in den Kirchen wohl in Form von Abendmahlsgottesdiensten, doch in den Hütten werden da und dort immer noch Mahlzeiten mit ihnen geteilt.»

Fru griff nach dem Glas auf dem Rednerpult; er nahm einen Schluck Wasser und fuhr dann weiter. «Nach dem ersten Weltkrieg hörte Kamerun durch die Unterzeichnung des Versailler Vertrags auf, eine deutsche Kolonie zu sein. Vier Fünftel des grossen Landes wurden Frankreich zugeschlagen, ein kleiner Teil, die Region im Westen, kam an Grossbritannien. Im Gegensatz zu den Gewalttaten der Deutschen bleiben die von den beiden Nachfolgestaaten, vor allem von den Franzosen, verursachten Leiden bis heute unvergessen. 1960 wurden die beiden kamerunischen Kolonien unabhängig, 1961 vereinigten sich die beiden Teile. Laut Vertrag sollten beide Seiten ihre jeweils übernommene Amtssprache und Gesetzgebung beibehalten. Frankreich ist aber ein sehr zentralistisch regiertes Land, während das Vereinigte Königreich verschiedene Zentralen mit einer gewissen Selbständigkeit hat: England, Schottland, Wales, Nordirland und die Kanalinseln. Die Vier-Fünftel-Zentrale beschnitt die Selbständigkeit des kleineren Westteils jedoch nach französischem Muster immer mehr. Ursprünglich wollten die Englischsprachigen keine Trennung vom grossen frankophonen Landesteil, aber sie wehrten sich für ihre Freiheiten. Das führte zu Spannungen und schliesslich zu Anschlägen, auf welche die Zentrale in Duala mit Massnahmen reagierte, die an die Gewaltherrschaft unter den Kolonialmächten erinnerten. Westkamerun war von den Briten schlussendlich mehr oder weniger friedlich in die Unabhängigkeit entlassen worden, der frankophone Osten dagegen hatte die Unabhängigkeit erst nach heftigen Kämpfen erlangt. Dieses aggressive Verhalten des Ostens bekam nun sogar die Westregion zu spüren. Im Westen sahen wir uns in der Situation, uns gegen eine afrikanische Zentrale zur Wehr setzen zu müssen. Eigentlich wollte man bloss Mitbestimmung und gemeinsames Wachstum der Wirtschaft. Die Wirtschaft konzentrierte sich jedoch immer stärker auf den frankophonen Osten. Nun rief eine Minderheit nach der Gründung eines selbständigen Staates Ambazonien. Trotz Mahnungen und Warnungen sogar aus Paris schlug Duala mit aller Macht zu. Es gab die ersten Toten, was dazu führte, dass die Wut der Menschen in der Westregion zunahm und sich immer mehr Männer den Ambaboys zuwandten, welche die Sezession anstrebten. Die Ambaboys entwickelten sich zu einer eigentlichen Terroristengruppe. Sie bedrohten oder ermordeten in der Westregion Menschen, welche die Sezession ablehnten. Hunderte von Dörfern wurden niedergebrannt, sowohl durch Vergeltungsschläge aus Duala als auch durch den Terror der Ambaboys. Zehntausende sind auf der Flucht vom Osten in den Westen oder umgekehrt. Das Land versinkt in chaotischen Zuständen. Eine solche Umsiedlung erlebte auch die evangelische Ordensgemeinschaft *Emmanuel Sisters*, die ein sehr lebendiger Teil der presbyterianischen Kirche Kameruns ist und ihren Sitz im westkamerunischen Bafut hat. Diese Frauengemeinschaft kümmert sich um behinderte Mädchen und Frauen. Behinderung ist in Kamerun ein Tabu, etwas, das es nicht geben darf, denn Behinderung, körperlich, geistig oder in Form von Epilepsie, ist ein Zeichen, dass man mit seinen Ahnen im Unreinen ist und von ihnen nicht gesegnet, sondern verflucht wird. Wer behinderte Familienmitglieder hat, wird von der kamerunischen Gemeinschaft gemieden. Deshalb werden behinderte Menschen versteckt und wie Gefangene gehalten. Die *Emmanuel Sisters* holen die behinderten Mädchen und Frauen aus ihrer Isolation und nehmen sie in ihre Gemeinschaft auf. In Bafut sieht man bzw. sah man die Behinderten in aller Öffentlichkeit in ihren Rollstühlen. Sie entwickelten ein neues Selbstbewusstsein. Die Schwestern zeigten ihnen Möglichkeiten, im Rahmen der Ordensgemeinschaft Arbeiten zu übernehmen und sich nützlich zu machen. Die Ordensfrauen hatten ein eigenes Nähatelier und eine blühende Landwirtschaft. Die Ordensgemeinschaft brachte es geradezu zu einem gewissen Wohlstand, was wiederum die Ambaboys auf den Plan rief. Sie forderten von der Gemeinschaft unter Androhung der Verwüstung ihrer Felder und Tiere Schutzgelder. Die Behinderten waren ihres Lebens nicht mehr sicher.»

Fru holte tief Atem. «Und jetzt will ich Ihnen erzählen, warum ich, der ich mich als afrikanischer Schweizer fühlte, in die Schweiz fliehen musste: Insgeheim half ich der Gemeinschaft beim Verkauf ihrer Äcker und Gebäude und dann führte ich sie samt den behinderten Frauen und Mädchen in einer Nacht- und Nebelaktion in den frankophonen Osten, wo sie vor den Ambaboys sicher waren. Heute haben sie ihre Niederlassung in Foumbot. Für die Ambaboys bedeutete das den Verlust einer Geldquelle. Sie fanden heraus, wer diesen evangelischen Nonnen und den Behinderten zur Flucht verholfen hatte.»

An dieser Stelle versagte Fru die Stimme. «Die Ambaboys ... sie wollten ... eigentlich mich ... verbrennen, als sie unser Haus in Brand setzten. Ich war aber gerade bei unserem Fon, dem König, zu einer Besprechung. Es ... es ... es war meine Frau Rina ... sie war in Erwartung ..., die mitsamt dem ungeborenen Kind ums Leben kam ... Der Fon ... er ... er verbarg mich in seinem Palast und verhalf mir wenige Tage später zur Flucht.» Nun brach Fru in

Tränen aus. Er fuhr sich mit der Hand über die Augen. Durch die Bewegung fiel das Trinkglas zu Boden und zerschellte klirrend.

Auch die jungen Zuhörerinnen und Zuhörer hatten Tränen in den Augen. Selbst die Lehrerinnen und Lehrer griffen nach ihren Taschentüchern. Vor allem die Jugendlichen mit asiatischen und afrikanischen Wurzeln waren zutiefst aufgewühlt. In vielen Elternhäusern waren Gespräche über die Vergangenheit tabu, etwas, an das man nicht rühren durfte, weil es zu sehr schmerzte. Die Eltern stammten aus Somalia, Äthiopien, Nigeria und Mali, aus Syrien, Irak, Libyen, Afghanistan, dem Iran und Sri Lanka. Man hatte dort nach wie vor Verwandte, mit denen man telefonierte. Nach solchen Telefonaten wirkten die Eltern oft in sich gekehrt, kaum ansprechbar, reagierten bei Fragen unkontrolliert und aufbrausend. In diesen Familien hatten Eltern zwar oft auch eine kulturelle Hemmung, sich nackt vor ihren Kindern zu zeigen, doch verhüllten sie sich vor allem deshalb, weil sie nicht wollten, dass die Jungen ihre von Folter und Vergewaltigungen gezeichneten Körper zu sehen bekämen. Die Jungen lebten hinter einem Vorhang eines unheimlichen Geheimnisses. Durch Fru war dieser Vorhang weggerissen worden, die Zuhörerinnen und Zuhörer mit fremden Wurzeln waren in die Geschichtshölle der eigenen Familie geschleudert worden. Ein dunkelhäutiges Mädchen warf sich laut schreiend zu Boden und musste von Mitschülerinnen und einer Lehrerin beruhigt werden.

Fru selber befand sich nicht mehr in der Welt des Gymnasiums. Er hatte alles rings um sich herum vergessen. Neben ihm stand seine Frau Rina, an ihrem Rockzipfel ein Junge ungefähr im Alter von Sophia, dunkler als Sophia, doch mit demselben Kraushaar. Rina nahm ihn in die Arme und sagte: «Ich weiss, dass du mich nicht so geliebt hast wie Cornelia, aber doch auch geliebt. Liebling, das ist dein ungeborener Sohn.» Es waren echte Arme, welche Fru umfingen, aber es waren nicht die Arme Rinas, sondern die von Martha Haldimann, die zu ihm geeilt war, als er in Tränen ausgebrochen war. «Wo ist Rina und wo ist mein Sohn?», stammelte er. «Fru, du bist im Gymnasium Kirchenfeld, hältst einen Vortrag und bist unter der Wucht der Erinnerung mit offenen Augen abgetaucht - oder wie muss man das nennen? -, du warst weg.»

Nun erwachte Fru aus seinem Zustand. Er wurde sich bewusst, wer ihn tröstend in den Armen hielt. Nun meldete sich eine andere Erinnerung. Er befand sich in der Migros Worb auf dem Laufband und hatte die stolpernde Martha mit seinen Armen aufgefangen. Er hatte den Satz, den sie ausgesprochen hatte, nie vergessen. Es gelang ihm sogar ein Lächeln, als er nun seinerseits sagte: «Günstig gefallen in die Arme einer liebevollen, mütterlichen Frau.» Martha musste lachen. Sie liess Fru los. Er war wieder da.

Auch die Jugendlichen ohne Migrationshintergrund waren durch Frus Bericht und seine Emotionen tief bewegt. Aber anders. Die weisse Mehrheit kam nicht aus solchen Elternhäusern. Ihre Reaktion war eher an der Oberfläche und verlagerte sich schnell in den intellektuellen Bereich. Die weissen Gymnasiasten stellten Fragen. Was konnten sie als Jugendliche tun, um diesen vergessenen schrecklichen Krieg publik zu machen? Und hatte man als Schweiz, als Land, in dem die Menschen verschiedener Sprachen friedlich miteinander umgingen, nicht Möglichkeiten, den Kamerunern zu helfen, als zweisprachiges Land wieder zu einer Einheit zu finden? Und war nicht dieser Sprachenkrieg eine Herausforderung an die Schweizerinnen und Schweizer, sich nicht einfach auf ihrem Sprachenkissen auszuruhen, sondern die eigenen Sprachen zu pflegen? Es fielen harte Worte in Richtung

Ostschweiz, wo Französisch nicht hoch im Kurs steht; Berner hatten den grossen Vorteil, ganz nah bei der französischen Schweiz zu sein. Das Kirchenfeldgymnasium war ein zweisprachiges Gymnasium. Die Französischsprachigen hatten ihren eigenen Französischunterricht. Konnte und sollte man nicht in dieser Richtung weitergehen und gewisse Fächer für beide Sprachgruppen auf Deutsch bzw. Französisch unterrichten? Es wurden auch Fragen nach der kamerunischen Kultur gestellt. Wurde beim Verkaufen und Einkaufen weiterhin gefeilscht? In den Supermärkten war dies nicht der Fall, vernahmen sie von Fru, auf den lebendigen, bunten Märkten jedoch durchaus. Feilschen war ein Teil der Kommunikation, des Palavers, bei dem die Herzen sich fanden.

Der Sohn eines Bankdirektors fragte: «Haben Afrikaner eine andere Geldpsychologie als die Europäer und Amerikaner?» - «Gute Frage», antwortete Fru. «Ich gebe Ihnen eine konkrete Antwort: Stellen Sie sich vor, Sie kommen als Tourist nach Kamerun und gehen auf einen unserer bunten Märkte. An einem Stand kocht eine Frau auf offenem Feuer Yamküchlein. Sie schichtet die fertigen Küchlein in verschieden grosse Häuflein vor sich auf. Die Küchlein duften verführerisch. Sie können nicht widerstehen. Sie zeigen auf das grosse Häuflein und erkundigen sich nach dem Preis - zwanzig Centimes. Für Sie selber sind zwanzig Centimes nichts, doch Sie wissen, dass die Frau traurig wäre, wenn Sie nicht feilschen würden. Zunächst jedoch zeigen Sie auf das mittelgrosse Häuflein. Wie ist hier der Preis? Seltsam, ebenfalls zwanzig Centimes. Sie verstehen überhaupt nichts mehr, als Sie vernehmen, dass selbst das kleinste Häuflein zwanzig Centimes kostet. 'So geht das wirtschaftlich doch nicht', teilen Sie der Frau mit. Nun ist die Frau erstaunt und versteht ihrerseits Sie nicht. 'Was denn?,' fragt sie. 'Ich verkaufe einfach Yamküchlein zum Vorschlagspreis von zwanzig Centimes, und es kommt auf Ihren Hunger an, welches Häuflein Sie für zwanzig Centimes erfeilschen wollen.'» Die Jugendlichen nahmen das Yamküchlein-Gleichnis mit ungläubigem Staunen zur Kenntnis. Die Haltung der Yamküchlein-Bäckerin, die bei ihrem Verkauf den Hunger der Käufer in ihrem Herzen bewegte, war allen, auch den *people of colour*, zutiefst fremd; sie passte nicht in ihr schweizerisches Banken- und Börsendenken.

Fru wagte einen geistlichen Input. «Was denkt ihr, welche Haltung entspricht dem Leben und Wirken von Jesus Christus mehr», fragte er die Zuhörer, «das schweizerische Wirtschaftsdenken oder der Wunsch der Yam-Bäuerin, mit ihrer Arbeit und ihrem Verdienst den Hunger der Käufer und Käuferinnen zu stillen?» - «Ich bin Atheist», rief ein Jüngling, «aber ich würde gerne Christ werden, wenn die Christen, die ich kenne, so wären wie diese Yam-Bäuerin.» Seine Kameradinnen und Kameraden applaudierten.

Die Jugendlichen hätten gerne noch lange weiterdiskutiert, doch der Rektor wies darauf hin, dass es bereits geläutet habe und man daher schliessen müsse. Die Gymnasiasten dankten Fru stürmisch mit einem langanhaltenden Beifallsgetrommel mit den Füssen.

«Du wärst ein guter Lehrer geworden», meinte Rektor Haldimann beim Abschied anerkennend. «Lieber Sohn», unterbrach ihn Martha, «Fru Ndinibam war schliesslich vor seiner Flucht Lehrer.» Viktor Haldimann lächelte: «Dann muss ich wohl eher sagen: «Du wärst ein guter Pfarrer geworden. Du hast ja sogar unsere jungen Atheisten begeistert.» - «Da kann ich dir nur beipflichten», meinte die Mutter des Rektors, «nicht wahr, Fru, mein Sohn hat recht?

Eigentlich wärst du ein guter Pfarrer geworden.» - «Ihr sprecht ja beide fast so wie meine Schwiegermutter», entgegnete Fru verlegen.

Der Bunker

Fru und die betagte Juristin standen beim Helvetiaplatz und warteten auf die blaue Anna. Sie hatten beide denselben Heimweg. Ein junges Paar, das einen Kinderwagen schiebend auf die Tramstation zutrat, weckte Frus Interesse. Die Frau hatte krauses Haar und eine Gesichtsfarbe ähnlich derjenigen seiner Kinder; der Vater oder die Mutter dieser jungen Frau war bestimmt eine *person of colour*. Der Mann mochte ein Syrer oder Iraker sein oder auch ein Kurde. Als die blaue Anna anhielt, fiel Fru auf, wie zärtlich der Mann den Kinderwagen ins Tram hob. Fru begrüsste seinen Kollegen in der Fahrerkabine, es war der dicke Franz, dann liess er seinen Blick durch die Wagenkomposition schweifen. Zu dieser Zeit befanden sich nicht viele Leute im Tram, ein paar alte Damen mit Einkaufstaschen, unter ihnen die kleine, sorgfältig geschminkte französischsprechende Dame, die er oft im Tram sah, stets frisch frisiert, in schickem Mantel und eleganten Schuhen. Er wusste, sie würde in Muri aussteigen. Auch einige ebenfalls ältere Herren sassen da. Fru lächelte, als er den grossen Alten entdeckte, auch er eine bekannte Erscheinung, immer mit gespreizten Beinen dasitzend, als ob ihm die ganze Welt gehörte. Ein Arbeiter im hell leuchtenden Schutzanzug, der zusammen mit Fru, Martha und den jungen Eltern eingestiegen war, musste den gespreizten Beinen ausweichen, bevor er sich mit seinem Karton setzen und dem Mittagessen hingeben konnte. Die elegante alte Dame und der Spreizbeinmann waren die einzigen Fahrgäste, die ihre Blicke beim Eintritt der Helvetiaplatz-Passagiere von ihren Smartphones gehoben hatten, die Dame mit Sinn für Schönheit Frus königliche Robe bewundernd, der Spreizbeinige eher beunruhigt. Will mir da etwa ein exotischer Prinz die Herrschaft streitig machen?

«Der Spreizbeinige ist der frühere Gemeindepräsident von Muri-Gümligen», flüsterte Martha, als sie sich Fru gegenübersetzte. Fru gab keine Antwort. Der Juristin fiel auf, dass ihr Begleiter liebevoll in eine bestimmte Richtung blickte. «Wen oder was siehst du?», fragte sie. Fru klopfte mit der Hand einladend auf seinen Nebensitz. Martha nahm die Einladung an und setzte sich neben Fru, sodass sie in dieselbe Richtung schauen konnte. Nun nahm auch ihr Gesicht weiche Züge an. «Das ist wunderbar.» Beide beobachteten den syrischen, irakischen oder kurdischen jungen Vater, der voller Liebe sein Töchterchen aus dem Kinderwagen hob, es an seiner Brust barg, zärtlich mit den kleinen Fingerchen spielte und das Töchterchen immer wieder sanft auf die Stirn küsste. Die schöne junge Frau schmiegte sich hingebungsvoll an Mann und Töchterchen. «Das ist doch etwas ganz anderes als diese Herumspielerei mit dem Smartphone», stellte die Juristin fest. «Es gibt überall, auch im Zug und im Tram, so viel Wunderbares zu beobachten, das echt zu Herzen geht, das verpassen alle diese Smartphone-Gucker. Das ist so schade.»

Auf der Strasse herrschte reger Verkehr - lärmige Autos und mächtige Lastwagen, die an der blauen Anna vorbeidonnerten oder von ihr überholt wurden, Velofahrer, die sich zwischen den Fahrzeugen hindurchschlängelten. Im Tram selber war es still, für Fru und Martha, welche die Liebe der kleinen Familie in sich aufsaugten, geradezu heilig still. «Es gibt Menschen, die sagen, dass man Gott nicht erleben kann», bedauerte Martha. «Doch wer ein sehendes Herz hat, erlebt Gott überall.» Fru nickte: «Ich erlebe Ihn in diesem Augenblick in diesem Vater und dieser Mutter mit ihrem Kind.»

Bei der Haltestelle Brunnadern war es mit der Stille vorbei. Zwei alte Damen, die sich offenbar längere Zeit nicht gesehen und einander viel zu erzählen hatten, stiegen laut schwatzend ein. Vor allem die eine Frau sprach dermassen laut, dass sämtliche Fahrgäste ihre Augen von den Smartphones hoben. Sie musterten die beiden Zugestiegenen mit spürbarem Missmut. Sie waren gestört worden. Alle vernahmen, dass die beiden Frauen im Tierpark gewesen waren. Der Gatte der ganz lauten Frau hatte die dritte Operation gut überstanden. Fru überlegte, was einen Mann bewegt haben mochte, eine derartige Schwatzkanone zu heiraten. Er ertappte sich bei dem Gedanken, wie sich die eheliche Liebe zwischen diesen beiden wohl gestalte, ob der Mann seine Frau vielleicht oft und lange küssen müsse, damit sie endlich den Mund halte. Das Töchterchen des liebevollen jungen Paares begann zu weinen, vermutlich aufgeschreckt durch die lauten Stimmen. Als die Schwatzkanone erzählte, ihre Tochter sage immer: «Mama, du bist viel zu laut», brachen nicht nur Fru und Martha in Gelächter aus. Die beiden Frauen hatten sich erst auf dem Weg vom Tierpark zur Tramhaltestelle kennengelernt. Sie waren also gar keine Freundinnen. Der Spreizbeinmann bekam vor Staunen einen Hustenanfall. Die Frau mit Tochter und operiertem Mann hiess Pfister, «aber Sie können ruhig Melanie und du zu mir sagen», schlug sie ihrem Gegenüber vor. «Und ich bin die Katja Buser», rief die zweite Frau fröhlich. «Hier hast du meine Adresskarte, wir müssen uns unbedingt wieder treffen.» - «O wie schön», trompetete Melanie, «hier hast du auch meine Karte, komm mich besuchen, auch mein Mann wird sich freuen.»

Ärgerlich wechselte der spreizbeinige Alte seinen Platz und liess sich zuhinterst im Tram nieder. In Muri stieg die französischsprechende elegante Dame aus. Jetzt dämpften die beiden Lautsprecherinnen ihre Stimmen. Sie verhandelten die Kleider der Ausgestiegenen, allerdings voller Bewunderung. Im

Seidenberg erhob sich der Arbeiter im Overall und schickte sich an, das Tram zu verlassen. Die lauten Frauen hatte Fru nicht zurechtweisen können - laut zu schwatzen ist nicht verboten -, doch jetzt sprang er auf. «Haben Sie nicht etwas vergessen, junger Mann?», fragte er und stellte sich dem Aussteigenden entgegen. Der dicke Franz unterstrich Frus Frage mit einem derartigen Geklingel, dass jedermann wusste, dass er alles mitgehört hatte. Mürrisch räumte der Zurechtgewiesene die Überreste seines Mittagessens zusammen. «Gut gemacht», lobte Frau Pfister lautstark. «Früher war die Schweiz berühmt für ihre Sauberkeit. Heute schmeissen die jungen Schweizer alles einfach auf den Boden!» - «Vor allem die Ausländer», sekundierte Frau Buser. «Und dieser *man of colour* hat Courage und zeigt uns, wie es sein soll», lobte Frau Pfister. Sie warf sich stolz in die Brust, weil sie *man of colour* gesagt hatte. «Wir Schwarzen sind eben die besseren Schweizer», rief Fru in bestem Berndeutsch. Über Frus Bemerkung musste selbst der ehemalige Gemeindepräsident lachen. Er stieg in Gümligen aus. Draussen schritt er dem Tram entlang, hob eine herumliegende leere Colabüchse auf und beförderte sie in den Container.

Fru überlegte sich, ob er bei der Haltestelle Siloah aussteigen solle. Nachdem er seiner jungen Zuhörerschar vom Krieg in Kamerun erzählt hatte, verspürte er den Wunsch nach einer Fortsetzung seiner Fluchtgeschichte - die Ankunft in der Schweiz und der Aufenthalt in der Zivilschutzanlage Siloah. Allerdings würden die Emotionen auch hier wieder über ihn kommen. Die feinfühlige Martha spürte, was in ihrem Bekannten vorging. Dass ihn Cornelia aus dieser Zivilschutzanlage herausgeführt hatte, wusste sie seit ihrer ersten Begegnung. Martha war allerdings nicht nur eine feinfühlige, sondern auch eine äusserst neugierige Frau, zudem juristisch geprägt; sie wollte jeder Sache bis auf den Grund nachgehen. «Fru, falls du hier aussteigen willst, habe ich nichts dagegen, und wenn du erlaubst, dass ich mitkomme, will ich dich gern begleiten», schlug sie vor. Fru war noch so gerne bereit, die Erinnerungen an die Emotionen der ersten Monate in der Schweiz mit der herzensguten Frau zu teilen, die altersmässig seine Grossmutter hätte sein können. Der dicke Franz liess zum Abschied sowohl das Bahnsignal als auch die Tramklingel erschallen.

Und nun standen Fru und Martha vor der Rampe, welche in den Bunker hinabführte, der kriegsbedingt einmal ein unterirdisches Spital und später eine Asylantenunterkunft gewesen war. «Die Asylunterkunft wurde am 31. März 2017 aufgehoben», berichtete Fru. «In Planung ist eine dritte Transformation des Bunkers, eine unterirdische Garage.» - «Da unten hast du also gewohnt?» - «Ja, da unten habe ich gewohnt, in bombensicheren Verhältnissen, bei surrender Luftpumpe, mit hundert Männern aus verschiedenen Ländern. Unter ihnen ehemalige Lehrer, sogar zwei Universitätsprofessoren, aber auch ungebildete Männer, die kaum recht wussten, wie man eine Toilette benutzt und wozu es dort Papierrollen gibt. Weiter halbverhungerte Arbeiter, aber auch reiche, verwöhnte Jünglinge, ferner Bauern, denen man ihr Land gestohlen hatte, Freiheitskämpfer, die getötet hatten. Christen, Muslime, Hindus, Buddhisten, alle mit unterschiedlichen Ess- und Toilettengewohnheiten und Vorstellungen vom Leben. Ja, Martha, da unten haben sich Himmel und Hölle berührt. Himmel war für mich, als ich zehn Meter unter dem Boden zum ersten Mal seit sechs Jahren Cornelia in die Arme schliessen konnte und vernahm, dass ich eine Tochter hatte; Sophia war damals fünf Jahre alt. Himmel war für mich auch die Heilsarmee, welche für die

Asylantenunterkunft verantwortlich war. Sie haben mit mir gebetet.» - «*Ramseiers wei ga grase*?», fragte Martha lachend. «Ja genau, *Ramseiers wei ga grase.*» - «Wie sieht es da unten aus?» - «Ich nehme an, dass das ursprüngliche Spital grösser war, nur der kleinere Teil war für uns umgebaut worden. Da gab es den Empfangsraum mit dem Heilsarmee-Betreuungspersonal, übergehend in den Aufenthaltsraum mit Fernseher, Töggelikasten und Tischtennis. Es gab zwei Schlafräume für je fünfzig Männer, vier Toiletten, vier Duschen, eine Küche mit Kühlschränken und einen Raum mit Waschmaschinen. - Ich sehe, Martha, du hast Mühe, hier an der Rampe so lange zu stehen. Lass uns an die Nussbaumallee gehen, dort gibt es Bänke und Bäume, die Schatten spenden.» - «Beim Altersheim Alenia?» - «Ja, beim Altersheim Alenia.» Martha war froh über Frus Vorschlag. Man sah es ihr nicht an, aber sie war neunzig Jahre alt. Vom Bunker zur Nussbaumallee waren es nur wenige Schritte. Sie setzten sich auf eine der Bänke.

«Der Bunker war nicht gerade oft Himmel, sondern eher die Hölle», nahm Martha den Faden für Frus Bericht wieder auf. «Nicht nur der Bunker», seufzte Fru, «die ganze Gegend mit dem Siloahspital, dem Altersheim Alenia und der Schule für schwerbehinderte Kinder war eine Hölle. Martha, in den Höllenbunker kann ich dich nicht führen, aber du sitzt immerhin gerade auf einer Höllenbank.» - «Wieso Höllenbank, es ist doch recht gemütlich? Schau nur diese netten alten Menschen, die hier herumspazieren und die Sonne und die frische Luft geniessen.» Fru grinste. «Du wirst gleich etwas erleben. Die nette Dame, die auf uns zusteuert, war schon da, als ich im Bunker wohnte und es dort nicht mehr aushielt.» Die nette alte Dame kam auf sie zu. «Das ist meine Bank», protestierte sie. «Ich dulde es nicht, dass Messerstecher aus der Zivilschutzanlage sich auf meine Bank setzen. Bleibt mit euren Messern in eurem Keller.» - «Frau Hadorn, das ist eine öffentliche Bank und das Asylantenzentrum gibt es schon lange nicht mehr.» Ein dunkelhäutiger Pfleger war aus dem Pflegeheim gekommen und nahm Frau Hadorn liebevoll am Arm. Und zu Fru und Martha gewandt meinte er: «Es tut mir leid, Frau Hadorn ist eigentlich eine liebe Frau, aber wie Sie sehen ...» - «Danke, Pfleger», unterbrach ihn die alte Dame, «Sie haben mir das Leben gerettet, dieser Mann hat unter seiner Robe ein Messer, er hat versucht, mich niederzustechen.» - «Entschuldigen Sie», bat der Pfleger an Fru gewandt. «Als Schwarzer habe ich ebenfalls einiges über mich ergehen lassen müssen.» Dass Frau Hadorn an Demenz litt, drückte er durch Körpersprache aus. Frau Hadorn liess sich von dem freundlichen Pfleger widerstandslos ins rettende Haus und in die Kaffeestube führen.

«Jetzt habe ich wirklich gerade ein Stück Hölle erlebt», entsetzte sich Martha. «Wie kommt diese Frau Hadorn auf solche Messerstechergeschichten?» - «Es gab in der Tat Messerstechereien, allerdings nicht da draussen, sondern unten im Bunker. Stell dir junge kräftige Männer vor, ohne Tagesstruktur, ohne Beschäftigung, in einem fensterlosen Bunker, mit neun Franken täglich für Essen, Kleider, Bus und Tram. Was sie gekauft haben, stecken sie in den Kühlschrank, und wenn sie es kochen wollen, ist es vielleicht nicht mehr da, einfach verschwunden, stibitzt. Wie würdest du reagieren als Mensch, der in der Heimat tagelang in einem finsteren Gefängnis liegen musste, und nun kommst du in der Schweiz in diesen Bunker? Stell dir vor, du wärst eine geflohene Hochschulprofessorin. Du gehst auf die Toilette, um dich zu erleichtern, du stellst fest, dass der ganze Raum mit Wasser und Kacke verschmiert ist, weil einer, der nicht an Toilette und Klopapier gewöhnt ist, vor dir dort war? Wir hatten Leute unter uns, welche einen Krug Wasser mit auf die Toilette nahmen, sich auf die Toilette kauerten und anschliessend mit Wasser den Po reinigten, dass Wasser und Kacke nur so herumspritzten. Und das Resultat: Kacke und Wasser am Boden, Kacke und Wasser an den Wänden, Kacke und Wasser überall.» Martha brach in eine Mischung von Ekeläusserung und Gelächter aus. «Entschuldige, ich weiss, das ist nicht lustig.» - «Du wirst erst recht lachen, wenn ich dir sagen, dass im Bunker Gebildete den Ungebildeten Erleichterungskurse und Po-Reinigungskurse erteilten, in Zeichensprache, weil wir ja keine gemeinsame Sprache zur Verständigung hatten. Wegen Toilettengeschichten und Diebstählen konnten schon mal die Messer fliegen. Die Heilsarmee hat aber immer bestens reagiert. Dank ihnen gab es in unserem Bunker keine Toten.» - «Hat es anderswo Tote gegeben?» - «Ja, zum Beispiel in einem Bunker in Aarau. Die Probleme in den unterirdischen Zentren sind immer dramatischer als in Zentren mit Tageslicht. Vergiss nicht, es handelt sich um traumatisierte Menschen, denen schreckliche Erinnerungen hochkommen, wenn man sie einbunkert. Bei uns waren fünfzig Männer dicht aneinandergepfercht in einem Raum, in dem es nach Schweiss riecht. Tag und Nacht hockt und liegt man da beisammen. Rausgehen durfte man zwar tagsüber, doch wohin ohne Geld? Auf die Bänke beim Alenia? Du hast ja gesehen, was hier passiert. Und so blieben wir meistens im Bunker. In unserem Schlafraum hatten syrische Christen einen Altar eingerichtet, vor dem sie oft laut beteten und sangen, während Muslime ebenfalls laut den arabischen Koran lasen. Für sie ist das Wort Gottes Heil und Heilung bringend, wenn es in der heiligen Sprache laut rezitiert wird, selbst wenn man die Sprache nicht versteht, sondern nur gelernt hat, die arabischen Buchstaben zu lesen. In einem Raum ohne Intimsphäre verliert man jede Scham. Bei hellstem Neonröhren-Tageslicht gab es Männer, welche auf den Pritschen masturbierten, manchmal zu zweit, und das nicht, weil sie schwul waren, sondern aus Langweile und Verzweiflung. Dass es Tag oder Nacht war, merkten wir nur, weil zu bestimmten Zeit das Licht gelöscht wurde. Geschlafen wurde natürlich auch am Tag bei Neonröhrenlicht. Bei den Schlafenden kamen dann die Schreie. Es gibt ein Wort, das in fast allen Sprachen gleich lautet: Mama. Die meisten Asylsuchenden waren ja junge Männer, und diese haben im Schlaf nicht selten nach ihrer Mama geschrien.» - «Orthodoxe Gesänge vor Heiligenbildern, laute arabische Koranlesungen, Mama-Rufe und Masturbation, das alles gleichzeitig. Das ist in der Tat die Hölle», entsetzte sich Martha. «Und das in der Schweiz!» - «Toller Willkommensgruss in einem Land, das ich als eine Art Heimat betrachtet habe, nicht wahr», pflichtete Fru ihr bei. «Wir sind doch Menschen und keine Maulwürfe, die unter der Erde leben. Zur Ehrenrettung der Schweiz, die heute tatsächlich meine Heimat ist, muss ich aber anerkennen, dass die Bunker eine Notlösung waren. Irgendwo musste man uns schliesslich unterbringen.» - «Von gewissen Politikern waren die Maulwurflöcher sicher geplant», war die Juristin überzeugt, «als Abschreckung, damit die Flüchtlinge gar nicht erst in die Schweiz kommen. Das ist Hölle, ja, das ist wirklich Hölle, solche Bunker, diese Unterwelt!» Sie ballte die Fäuste. «Schlüge ich mein Lager in der Unterwelt auf, auch da bist du», zitierte Fru aus Psalm 139. «Keine Unterwelt ohne Himmel.» Er zeigte auf eine Gruppe von Kindern, die sich ihnen näherten. «Auch da kommt der Himmel.»

Es waren Kinder, die von einer jungen Frau und einem jungen Mann betreut wurden. Die Kinder bewegten sich ruckartig, einige stiessen seltsame Töne aus. Eines der Kinder sass im Rollstuhl.

«Das sind die Kinder von der Nathalie Stiftung, der Behindertenschule», erklärte Fru. Der Bub im Rollstuhl jauchzte und streckte Fru die Arme entgegen. «Herr Ndi-Ndinibam, Fru-u», rief er stockend mit krächzender, nasaler Stimme. «Woher kennt Mario Sie?», fragte die Begleiterin verwundert. Sie schaute Fru prüfend an. Fru blickte freundlich lächelnd zurück. Auf einmal ging ihr ein Licht auf. «Herr Ndinibam, das sind ja wirklich Sie! In diesem Prachtsgewand habe ich Sie zuerst gar nicht erkannt.» «Ich a-aber scho-on», näselte Mario, «ich habe Fru e-errkannt - schö-önes Kleid.» - «Mario kennt Herrn Ndinibam vom Tram, er ist Tramchauffeur», erklärte die junge Frau dem Mitbetreuer. «Fru kla-bappt die E-e-einstiegklappe herunter, damit wir den Ro-lollstuhl ins Tram schieben können», näselte Mario weiter. «Er nennt das Tram seine bla-bla-blaue Anna. Ich kann das Wort Anna sogar schreiben, Ich kann Anna vo-vorrwärts und rü-rückwärts schreiben; es ist dasselbe.» Das Kind schüttelte sich vor Lachen. «Und Fru kann mit der blauen Anna rückwärts wie vorwärts fa-fahren.» Auch die anderen Kinder umringten Fru und fuhren mit ihren Händen über seine Robe. Fru strahlte. «Siehst du, Martha, Himmel gibt es überall. Ich habe selbst die schlimmste Hölle nie ohne Himmel erlebt.»

Ein Traum

Es war schon fast Mittagszeit. Für Fru war es die letzte Fahrt an diesem Tag, am Berner Bahnhof würde er von der scharfen Lotte abgelöst. Nachdenklich schlenderte er von der Personaltoilette an der Endstation Fischermätteli zurück zur blauen Anna und stieg ein. Er begrüsste freundlich die neuen Fahrgäste, die auf die Abfahrt des Trams warteten. In der Mittagshitze war es heiss geworden. Er zog seine Jacke aus und setzte sich. Mit einem Klingelton kündigte er die Weiterfahrt an und bewegte seine Anna aus der Endstationsschlaufe sanft auf die Strasse. Heute würde er sich ganz besonders konzentrieren müssen. Als Afrikaner glaubte er an Träume. Er hatte einen seltsamen Traum gehabt, wohl ausgelöst durch seinen Vortrag im Gymnasium und den Besuch auf dem Gelände des ehemaligen Asylantenbunkers. Er war in Cornelias Armen eingeschlafen, als plötzlich das Schlafzimmer von einem hellen Licht erfüllt wurde. Dieses Licht ging von einer Person aus, welche vor seinem Bett stand - ein Afrikaner. Wie war er hereingekommen? Was wollte er? Wer war er? Fru fürchtete sich nicht. Der Fremde war kein Einbrecher; von ihm ging etwas Beruhigendes aus.

«Du scheinst mich gar nicht mehr zu kennen», sprach ihn die lichtvolle Gestalt an. «Samuel!», rief Fru beglückt, «wie schade, dass das nur ein Traum ist!» - «Bist du sicher, dass das nur ein Traum ist?» Sanft, um sie nicht zu wecken, löste Fru sich aus Cornelias Armen und richtete sich im Bett auf. «Bei diesem Unglück war ich dabei», erklärte Samuel und verschwand.

Frus Herz klopfte heftig. Er sass tatsächlich aufrecht im Bett, neben ihm lag Cornelia. Im Schlafzimmer war es finster. Fru knipste das Licht an. Was hatte er soeben erlebt? Und was war das für eine seltsame Mitteilung? Selbstverständlich war Samuel bei dem Unglück dabei gewesen, er hatte bei dem Flugzeugabsturz ja sein Leben verloren. Warum also teilte ihm ein Verstorbener etwas mit, das er ohnehin immer gewusst hatte? Fru schaute auf die Uhr - zwei Uhr siebenundvierzig. Wenn er denn schon wach war, sollte ihn später die volle Blase nicht wecken. Er ging auf die Toilette und knöpfte sich unnötigerweise einige Tröpfchen ab. Mehr war nicht zu machen. Er legte sich wieder ins Bett. An Schlafen war nicht zu denken; er dachte nach.

Fru dachte immer noch nach. Er hielt die blaue Anna an der Cäcilienstrasse an, als sein Handy klingelte.

«Liebling, o Gott!» Cornelia schluchzte. «Ich weiss, dass du gleich abgelöst wirst. Du musst sofort ins Inselspital kommen. Sophia ... Sophia ... Sophia ist von einem Lastwagen überfahren worden ...!» Fru fühlte, wie er erstarrte. «Sophia ... Sophia lebt noch, bitte komm sofort!» Cornelias Worte wurden immer unverständlicher und gingen schliesslich im Schluchzen völlig unter.

Bis Bahnhof? Kaufmännischer Verband - o bitte, endlich Bahnhof! - Kocherpark - Hirschengraben - und endlich ... endlich ... Bahnhof! «Danke - ich muss - tut mir leid - meine Tochter - im Spital - ein Lastwagen ...!» Erschüttert schaute ihm die ablösende Lotte nach, als Fru zum Bus 12 hinüberrannte.

Auch die Fahrt im Bus schien eine Ewigkeit zu dauern. Doch endlich befand sich Fru im Inselspital im Zimmer seiner Tochter. Am Bett standen Cornelia, ein Arzt und ein Polizist. Sophia mit verbundenem Kopf, aber offenen, strahlenden Augen. Fru küsste Cornelia. Seine Frau war noch tränennass, aber sie hatte bereits zu schluchzen aufgehört.

«Scheuner», stellte sich der Arzt vor, «und das ist Herr Weinzäpfli von der Polizei.» Ohne die strahlenden Augen von Sophia würde Fru die Namen von Arzt und Polizist überhört haben, doch jetzt, da sein Kind lebte, fiel ihm vor allem der Name Weinzäpfli auf. Er musste lächeln. Wie konnte man nur Weinzäpfli heissen? «Ihre Tochter wird leben», beruhigte der Arzt, «aber ich muss sagen: Ich kann das nicht verstehen. Auf Sophias Kleidern sieht man deutlich die Spuren der Räder des Lastwagens.» - «Sie werden die Spuren selber sehen, wenn man Ihnen die Kleider übergibt», fügte Herr Weinzäpfli geradezu geheimnisvoll hinzu. «Daddy», murmelte Sophia beglückt. Fru küsste sein Töchterchen sanft auf die Augen, auf die Nase und auf den Mund. «Was genau hast du erlebt?», fragte Herr Weinzäpfli das Kind. «Das ist schwer zu sagen», antwortete Sophia mit leiser Stimme. «Ich ging auf dem Trottoir. Da war auf einmal dieser Lastwagen direkt vor mir. Unter dem Lastwagen lag ein Afrikaner, der den Lastwagen mit seinen Armen hochstemmte. Dann hat es geknallt und ich bin im Spital wieder aufgewacht.» - «Ich glaube eigentlich nicht an Wunder», sagte der Arzt, «aber ich habe tatsächlich keine Erklärung. Zufall kann es nicht gewesen sein. Das Kind hat nur ein paar Schürfungen und Prellungen. Aber diese Geschichte mit dem Afrikaner ...» - «Sah der Afrikaner aus wie mein Bruder Samuel?», fragte Fru. «Daddy, es ging so schnell, ich weiss nur, dass es ein Afrikaner war. Aber eigentlich, wer sollte es denn sonst gewesen sein, wenn nicht mein Onkel?» - «Was ist denn das für ein Athlet, der einen Lastwagen emporheben kann?» Doktor Scheuner rang nach Atem. Er stellte diese Frage aus Verlegenheit, um überhaupt etwas zu sagen. Er stand vor etwas Unbekanntem, vor etwas geradezu Unheimlichem. «Sie müssen verstehen, Samuel ist der verstorbene Bruder meines Mannes», versuchte Cornelia zu erklären. «Verstehen ...», brummte

Doktor Scheuner nicht unfreundlich, aber fassungslos. «Haben Sie verstehen gesagt? Tut mir leid, ich verstehe überhaupt nichts. Verstehen Sie das, Herr Weinzäpfli?»

Der Polizist hatte Tränen in den Augen. Er drehte sich um und schaute aus dem Fenster. Er zeigte mit dem Finger Richtung Altstadt. «Von hier aus sieht man das Münster. Auf der Münsterplattform gibt es eine Gedenktafel über meinen Vorfahren, der Ähnliches erlebt hat. Ich bin überzeugt, dass Sie die Gedenkplatte kennen. Auf ihr steht geschrieben:

DER ALLMACHT UND WUNDERBAREN
VORSEHUNG GOTTES ZUR EHR
UND DER NACHWELT ZUR GEDÄCHTNUS
STECHET DIESER STEIN ALLHIER
ALS VON DANNEN HERR THEOBALD
WEINZÄPFLI
DEN 25. MAI 1654 VON EINEM PFERDT
HINUNTERGESTÜRZT WORDEN
UND HERNACH NACHDEM ER DREISSIG JAHR
DER KIRCHEN VON KERTZERS ALS PFARRER
VORGESTANDEN
IST ER DEN 25. NOVEMBER 1694
IN EINEM HOCHEN ALTER
SEELIGLICH GESTORBEN

Ja, ich kann verstehen, was Sophia erlebt hat», bestätigte Polizist Weinzäpfli feierlich. «Von Sophia müsste es eine ähnliche Tafel geben.»

Der Brief

Fru sass vor seinem PC. Die Adresse hatte er bereits geschrieben:

An den Synodalrat der reformierten Kirche Bern/Jura/Solothurn
Altenbergstrasse 66
3000 Bern

War es richtig, was er da tat? Er dachte über seinen Freund, den dicken Franz, nach. Tot! Einfach tot! Abschiedsfeier, Urne, Grab. Fru runzelte die Stirn. Dieser Pfarrer Misteli! Jakob Misteli. Ausgerechnet Misteli! Wie hatte doch einmal seine Schwiegermutter gesagt: «Viele Pfarrerinnen und Pfarrer an einem Ort zusammen sind ein Haufen Mist, aber über das ganze Land verteilt sind sie ein Segen.» Pfarrer Misteli war kein Segen. Jedenfalls nicht für ihn. Für andere vielleicht schon. «Ein ausgezeichneter Trauergottesdienst.» Das hatte Fru von mehreren Personen gehört. «Dieser Pfarrer hat eine gute Predigt gehalten. Er glaubt so wie wir.»

Noch vor zehn Tagen hatte Fru mit dem dicken Franz Bier getrunken. Und jetzt war er tot. Nein, nicht tot - vollendet. Vollendet? Franz, der Atheist? Fru nickte. Franz war ein wunderbarer Mensch gewesen, hilfsbereit, dick und gemütlich. Fru hatte gerne über Äusserungen und Sprüche von Franz gelacht, er hatte Franz sehr gerngehabt. Warum sollte Gott ihn nicht auch gerngehabt haben? Vielleicht hatte Gott ihn abberufen, weil er sich an den Sprüchen von Franz erfreuen wollte? Über die gegenwärtige Welt gab es jedenfalls nicht viel zu lachen, eher zu weinen, da brauchte auch Gott einmal eine Ermunterung. Aber es war ja nicht Gott gewesen, der Franz abberufen hatte. Selbst bei jenem letzten Bier hatte Franz sich zwei Sandwiches einverleibt, dazu noch eine

Menge Chips und Nüsschen. Der übergewichtige Franz! Sein hoher Blutdruck!

Aber nun wollte Fru endlich schreiben.

Liebe Brüder und Schwestern,

tippte er. Nein, das ging natürlich nicht. Das war ja der Synodalrat der Landeskirche. Er löschte die Brüder und Schwestern.

Liebe Freunde

Noch vor zehn Jahren hätte er so schreiben können. Das war jedoch nicht gendergerecht. Er ergänzte die Freunde mit Freundinnen. Er schaute die Anrede kritisch an und löschte die Freundinnen und Freunde.

Sehr geehrte Damen und Herren

Er war mit der Anrede immer noch nicht zufrieden, genauso wenig, wie er mit dem Trauergottesdienst zufrieden gewesen war. Nicht einmal gesungen hatte man in der Abdankungshalle des Krematoriums. Eine Organistin hatte gespielt und dann gab es Konservenmusik von Frank Sinatra: *I did it my way* ... Dafür konnte Pfarrer Misteli nichts, das hatte die Lebenspartnerin gewünscht, ihr Lieblingslied. Doch der Pfarrer hatte seine Predigt auf dieses Lied eingestellt und das Sinatralied - zwar nicht ungeschickt - mit dem Predigttext verbunden:

Die Liebe hört nimmer auf. (1. Kor. 13,4)

«Auch die Trauer ist eine Form der Liebe», hatte Pfarrer Misteli in seiner Predigt gesagt und über den Schock und die Trauer über den plötzlichen Tod von Franz gesprochen; die Trauer der erwachsenen Töchter des Verstorbenen aus erster Ehe, die Trauer der Grosskinder, die Trauer der Lebenspartnerin. In Ordnung, fand Fru, die Menschen musste man bei ihrer Trauer abholen. Aber die Trauer, die ein Ausdruck der Liebe war, wie Jakob Misteli zum tausendsten Mal sagte, wollte kein Ende nehmen. Die Tramfahrerinnen und Tramfahrer waren traurig. Das stimmte natürlich. Wer nicht gerade Fahrerdienst hatte, war an die Trauerfeier gekommen, auch Mähnäbte. Die Fahrgäste im Tram waren traurig. Waren sie das? Wer von den Fahrgästen hatte Franz überhaupt gekannt? Als sogar das Tram Franz schmerzlich vermisste, schüttelte Fru den Kopf. Franz war auch Klavierspieler gewesen, mehr schlecht als recht, aber oft noch ganz passabel. Das sagte nicht der Pfarrer, sondern das waren Frus Gedanken. Der Pfarrer dagegen erwähnte ganz sentimental das Klavier, das nun stumm bleiben würde. Fru rutschte auf seinem Sitz unruhig hin und her. Wann kam denn endlich das Evangelium, der Trost, die Frohbotschaft? Und dann kam sie endlich, die Überleitung zu dem zentral Christlichen, wie Fru annahm, aber es war keine Überleitung, sondern das Ende: «Der liebe Verstorbene ist nicht in ein Nichts gestorben, sondern in Gott», hörte er den Pfarrer sagen, und dann kam das Amen. Fru war zutiefst traurig, aber nicht in derselben Weise, wie er über den Tod des Freundes traurig war, sondern traurig über eine solche Abschiedsfeier.

«Was hätte ich denn tun sollen», hatte sich Pfarrer Misteli verteidigt, als Fru ihn nach der Verabschiedung, die gar kein Gottesdienst gewesen war, auf die botschaftslose Predigt angesprochen hatte. «Ich gehe in meinen Trauerreden auf die Leute ein. Bei frommen Menschen predige ich ganz anders.» - «Sie haben also einen theologischen Supermarkt, wo man sich einfach so bedienen kann», war Frus unwillige Reaktion. «Wenn Sie das so vergleichen wollen - ja. Offenbar hätten Sie von mir gerne eine Botschaft über das ewige Leben gehört.» - «In der Tat, von einem

Pfarrer erwarte ich das.» - «Aber schliesslich weiss ich doch gar nicht, ob es ein Leben nach dem Tod überhaupt gibt. Wissen Sie das etwa?» - «Rein wissenschaftlich weiss ich es auch nicht», ereiferte sich Fru, «aber ich setze mein Vertrauen auf den auferstandenen Christus. Gott haben Sie immerhin in den Gebeten erwähnt. An ihn scheinen Sie zu glauben.» - «Natürlich glaube ich an Gott.» - «Aber dass es Gott gibt, wissen Sie auch nicht wissenschaftlich. Das ist ein Akt des Vertrauens, des Glaubens eben. Wissenschaft und Glaube sind doch keine Feinde, sie ergänzen einander. Sie können ja auch nicht wissenschaftlich beweisen, dass Demokratie besser ist als Diktatur.» Fru wurde immer heftiger. «Sie können nicht wissenschaftlich beweisen, dass das Leben einen Sinn hat. Dass es einen Sinn hat, das glauben Sie und das hat auch Franz Ottinger geglaubt - aber eben geglaubt. Sie haben recht, Franz Ottinger war in diesem Leben Atheist, aber jetzt weiss er es besser. Und er war Mitglied der Kirche. Und als Mitglied der Kirche wusste er, dass die Kirche etwas anderes glaubt als Atheisten. Als Pfarrer darf und soll man einem Menschen Brot geben und nicht Steine.»

Fru vor seinem PC nickte. Der unbefriedigende Trauergottesdienst für seinen atheistischen Freund Franz hatte ihm den letzten Anstoss gegeben, das zu tun, was er tat. Eigentlich sollte er Pfarrer Misteli dankbar sein. Er dachte an Samuel. «Tu, was du tun musst», hatte ihm sein Bruder aus der Ewigkeit zugerufen. Es ging nicht anders; jetzt musste er schreiben.

Sehr geehrte Synodalräte und Synodalrätinnen

Wie ich im Reformiert lese, bieten Sie Frauen und Männern mit Hochschulausbildung die Möglichkeit....

Fru spürte, dass liebende Arme ihn umschlangen. «Was schreibst Du da, Liebling?», fragte Cornelia. «Ich melde mich an für den dreijährigen Sonderkurs für Akademiker, die Pfarrer werden wollen. Anmelden dürfen sich Dreissig- bis Fünfzigjährige. Als Lehrer gehöre ich zu den Akademikern und morgen feiere ich meinen sechsundreissigsten Geburtstag. Was sagst du dazu?» - «Dazu sage ich nur eines», flüsterte Cornelia zärtlich in sein Ohr. «ENDLICH. Was wäre der Schweizer Fussball ohne die Kameruner? Und was wäre die Kirche in der Schweiz ohne meinen Sechsunddreissigjährigen?»

Nachwort

Das Theologiestudium, nach dessen Abschluss Fru Ndinibam zusammen mit fünf weiteren Kandidatinnen und Kandidaten in den Kirchendienst aufgenommen wurde, dauerte sechs Jahre. Bereits ein halbes Jahr vor der feierlichen Ordination im Berner Münster hielt der werdende Pfarrer einen Vortrag unter dem Titel «Kirche ohne Himmel?» Der Vortrag erschien in der kirchlichen Presse. Der Artikel bot Kirchgemeinden, die auf der Suche nach einem Pfarrer waren, Gelegenheit, darüber nachzudenken, ob Fru Ndinibam als ihr künftiger Pfarrer und Seelsorger infrage kommen könnte. Bei dem Vortrag handelte es sich eigentlich um eine Predigt, eine für schweizerische Verhältnisse lange Predigt. Das ist typisch für den Verfasser. Fru Ndinibam ist zwar Schweizer, doch kamerunischer Herkunft, und bei Schweizern kamerunischer Herkunft ist manches anders, sowohl auf dem Fussballfeld als auch in der Kirche.

Fru Ndinibam schrieb:

In den Parlamenten verschiedener Staaten gibt es manchmal zwischen den verschiedenen Parteien einen Höllenstreit, im italienischen Parlament sogar mit Handgreiflichkeiten. Doch selbst im ruhigen Nordeuropa, wo man gesittet miteinander umgeht, kann es höllisch zu- und hergehen. In Norwegen brach vor einigen Jahren ausgerechnet über das Thema Hölle eine hitzige Debatte aus. In einer landesweit ausgestrahlten Sendung hatte Theologieprofessor Ole Christian Hallesby gesagt: «Einige, die mich jetzt hören, werden ruhig zu Bett gehen, doch sollten sie in dieser Nacht sterben, würden sie in der Hölle aufwachen.» Musste man sich von einer Kirche, die Staatskirche war, so etwas bieten lassen? Die Sache kam ins Parlament. «Staatskirchentum abschaffen!», brüllten viele Abgeordnete. Wie konnte ein Mann der Kirche alten und sterbenden Menschen Angst vor der Hölle machen! Der lutherische Bischof musste eingreifen. «Die Höllendrohung ist lediglich eine einzelne Stimme», beschwichtigte er. «Professor Hallesby ist zwar ein Mann der evangelischen Kirche, jedoch mit freikirchlicher Theologie. Ich bin genauso empört wie die meisten Norweger. Mit der Hölle zu drohen, halte ich nicht nur für unrichtig, sondern für schädlich. Niemand hat das Recht, über den Ewigkeitszustand seiner Mitmenschen zu richten.»

Der Höllenstreit dauerte Monate. Theologen, Philosophen, Schriftsteller, Juristen, Journalisten, Psychologen, Psychiater, Ärzte und Pädagogen kamen zu Wort. Und immer wieder mussten der Höllentheologe Hallesby und der Bischof Antwort geben. Der freikirchliche Professor warf dem Bischof vor, nicht auf Christus zu hören. «Wer das Wort Christi von der ewigen Verdammnis verwirft, verwirft damit das Wort Christi.» Der Bischof wiederum konterte, nicht die Möglichkeit einer Verdammnis habe er bestritten, sondern die Höllenqualen mit Feuer und Flammen und die Ewigkeit der Verdammnis.

Resultat des Höllenstreits: Die norwegische Kirche ist heute nicht mehr Staatskirche. Sie ist vom Staat getrennt. Und von der Hölle hat sich die Kirche gründlich verabschiedet.

Verabschiedet sich die Kirche nach der Hölle nun auch vom Himmel?

Und wo die Frommen dann sollen hinkommen, wenn sie mit Frieden von hinnen geschieden aus dieser Erde vergänglichem Schoss. Das ist die zweite Strophe des beliebten Kirchenliedes ***Die güld'ne Sonne.*** Es ist nicht anzunehmen, dass diese Strophe in den Gottesdiensten noch gesungen wird. Kommen wir noch in den Himmel? Aber wir beten immerhin nach wie vor: *Unser Vater im Himmel …* Wer oder was ist der Himmel und wo ist er? Auf Englisch gibt es für den Himmel zwei Ausdrücke. Der Himmel von Sonne, Mond und Sternen heisst *sky*; *heaven*, der religiöse Himmel, ist der Ort Gottes. Die Bibel hat nie behauptet, dass Gott irgendwo über den Sternen wohne.

> *Stiege ich hinauf in den Himmel, so bist du dort.* (Also doch? - Nein! Jedenfalls nicht nur.) *Schlüge ich mein Lager in der Unterwelt auf - auch da bist du. Nähme ich Flügel der Morgenröte und liesse mich nieder zuäusserst am Meer, so würde auch dort deine Hand mich greifen und deine Rechte mich fassen.* (Und jetzt kommt im Psalm die Finsternis des Todes:) *Und spräche ich: Lauter Finsternis soll mich bedecken und Nacht sei das Licht um mich her, so wäre auch die Finsternis nicht finster für dich, die Nacht würde leuchten wie der Tag. (Psalm 139,8-12)*

In der Bibel ist Himmel unter anderem ein anderes Wort für die Allgegenwärtigkeit Gottes. Gott ist überall. Durchaus auch im Kosmos - ***stiege ich hinauf in den Himmel, so bist du dort.*** John Glenn war der allererste Mensch, der den Mond betrat. Das Betreten des Mondes war für ihn ein gewaltiges Gotteserlebnis. Er wurde anschliessend Pfarrer. Gott ist aber nicht nur örtlich überall, sondern auch in jeder Situation. Himmel ist ja auch eine Stimmung. Gott ist dabei, wenn wir himmelhochjauchzend, aber auch wenn wir zu Tode betrübt sind. Gott ist überall, im Makrokosmos und im Mikrokosmos, auch im Tod. Genau das meint Jesus, wenn er den Sadduzäern, die nicht an ein Leben nach dem Tod glauben, sagt:

> *Der Gott Isaaks und Jakobs ist nicht ein Gott von Toten, sondern von Lebendigen; denn für ihn sind sie alle lebendig. (Lk. 20,38)*

Dass der Gott Isaaks und Jakobs nicht ein Gott von Toten, sondern ein Gott von Lebendigen ist, zeigt sich auf dem Berg der Verklärung bei der Erscheinung von zwei anderen Toten, die für Gott lebendig sind, und zwar steht das in Matthäus 17,3:

> *Und nach sechs Tagen nimmt Jesus den Petrus und den Jakobus und dessen Bruder Johannes mit sich auf den*

Berg ... Und siehe, es erschienen ihnen Mose und Elia, die mit ihm redeten.

Für Menschen, bei denen es nur gibt, was es geben darf, ist die Erscheinung von Mose und Elia eine Legende. Eine Legende ist für sie auch die alttestamentliche Erzählung von König Saul, der zu einem Medium geht und mit dem Propheten Samuel Kontakt aufnimmt (1. Sam. 28,13). Da Tote nicht erscheinen, können auch Mose und Elia und Samuel nicht erscheinen.

Wie deuten Menschen, für die es nur gibt, was es geben darf, die Auferstehung Christi? Ich greife auf Aussagen zurück, die ich selber gehört oder von denen ich gelesen habe.

Unsere muslimischen Glaubenscousins sagen, dass gar nicht Jesus gekreuzigt worden ist. Es war eine Verwechslung; ein anderer wurde an Jesu statt gekreuzigt. So steht es im Koran.

Im christlich geprägten Europa suchte man nach anderen Erklärungen. Zur Zeit der Aufklärung gab es die Theorie, dass Jesus am Kreuz gar nicht wirklich gestorben sei; er habe noch gelebt, als die Frauen zum Grab kamen. Und dann hätten sie den Halbtoten wieder aufgepäppelt. Nach dieser Aufpäppelung müsste Jesus allerdings für den Rest des Lebens ein körperliches Wrack gewesen sein, also alles andere als der siegreiche Überwinder des Todes, als den ihn das Neue Testament bezeugt.

Nach einer anderen Theorie haben die Jünger die Auferstehung Jesu erfunden. Also eine Lüge, ein Betrug. Wenn man aus einer Lüge Gewinn schlagen kann, sind Menschen durchaus bereit, Lügen aufzutischen. Aber was für einen Gewinn sollten die Jünger davongetragen haben, wenn sie eine Totenauferweckung erfunden hätten? Das, was sie berichteten, war lebensgefährlich und mit viel Leiden verbunden. Was sie auf sich nahmen, ist nur erklärbar, wenn sie nach dem Tod Jesu eine Erfahrung machten, die stärker war als selbst dieser furchtbare Tod am Kreuz: die Auferstehung.

Und Paulus, der ein Feind der Christen gewesen war und versucht hatte, sie auszurotten? Was in aller Welt konnte einen derartigen Feind zum grössten Apostel machen, wenn nicht die Erscheinung des Auferstandenen, die Paulus unermüdlich bezeugt?

Wäre das Christentum ohne den Glauben an die Auferstehung überhaupt entstanden? Nein, sagen alle vernünftigen Forscher, der Glaube an die Auferstehung war von allem Anfang an die treibende Kraft. Paulus schreibt im Korintherbrief, über fünfhundert Menschen hätten den Auferstandenen gesehen. Davon leben zur Zeit seines Briefes noch die meisten, man kann sie also fragen. Zu diesen fünfhundert gehört auch Jakobus, der leibliche Bruder von Jesus, der während der Lehrtätigkeit Jesu gar nicht an seinen Bruder geglaubt hatte. Jakobus hatte Mutter Maria und die Geschwister überzeugt, dass Jesus durchgedreht sei und als Verrückter zu seinem eigenen Schutz nach Hause gebracht und eingesperrt werden müsse (Mk. 3,21). Und dieser Jakobus, der Jesus für verrückt gehalten hatte, wird auf einmal eine der führenden Persönlichkeiten der ersten christlichen Gemeinde. Was für eine Erfahrung ist stark genug, um eine derartige Wandlung zu verursachen?

Ich habe kürzlich im Internet ein Interview mit einem Theologen geschaut. Die Moderatorin fragte: «Herr Professor, wie kann sich die Theologie eine Wissenschaft nennen, die wissenschaftlich etwas untersucht, das es vielleicht gar nicht gibt - Gott?» Die Antwort des Theologen lautete: «Der Ausgangspunkt der theologischen Wissenschaft ist der Glaube der Menschen an Gott, und diesen Glauben gibt es; er lässt sich durchaus untersuchen. Und zu diesem Glauben gehört die Auferstehung Christi.»

Menschen, für die es nur gibt, was es geben darf, hält der Apostel Paulus entgegen:

> *Was kein Auge gesehen und kein Ohr gehört hat und keinem Menschen ins Herz emporgestiegen ist, das hat Gott denen bereitet, die ihn lieben. (1. Kor. 1,9)*

Der grosse Wissenschaftler Galileo Galilei hat der Welt seiner Zeit gezeigt, dass die Wirklichkeit eine ganz andere ist als das, was wir mit den Augen sehen. Für unsere Augen steht die Erde still und die Sonne dreht sich um sie. Dass uns das so vorkommt, erleben wir jeden Tag. Galileo Galilei sagte: Die Wirklichkeit ist eine andere. Es ist genau umgekehrt: Die Erde dreht sich um die Sonne.

Wir sind der Wissenschaft dankbar für alles, was dank ihr entstanden ist. Bei aller Dankbarkeit der Wissenschaft gegenüber dürfen wir aber auch vom Glauben her sagen: «Die Wirklichkeit ist eine ganz andere.» Leute, für die es nur das gibt, was es ihrer Meinung geben darf, und die sich für sehr wissenschaftlich halten, sind irritiert, dass ihnen sogar der neuste Zweig der Wissenschaft entgegentritt: Die Quantenphysik erweist sich für die Theologie als hilfreicher Gesprächspartner. Der Quantenphysiker Hans-Peter Dürr sagt: «Die Wirklichkeit ist noch einmal eine ganz andere als die alte materialistische Wissenschaft gesagt hat; rein wissenschaftlich gesehen gibt es gar keine Materie. Das, was wie Materie aussieht, ist Relation, ein Geflecht von geistigen Beziehungen. Nicht Materie hat den Geist hervorgebracht, sondern umgekehrt der Geist die Materie.»

Als Quantenphysiker kann man nach wie vor Theist oder Atheist sein. Doch Religion und Wissenschaft sind echte Partner geworden. Der Himmel hat sich wieder geöffnet.

Wenn wir zu einer hilfreichen Person sagen: «Dich schickt der Himmel», drücken wir aus, dass diese Hilfe wie von Gott geschickt wurde. Himmel in diesem Sinn ist ein anderer Ausdruck für Gott. Ich komme von Gott und werde auch wieder zu Gott zurückkehren. Gott ist überall, auch im Tod. Und wo Gott ist, da ist Leben.

Auf den Richter nicht verzichten

Wo Gott ist, da ist Leben, selbst im Tod. Ich kann also mit «in den Himmel kommen» sehr viel anfangen. Ich kann aber unter

Umständen selbst mit der Hölle einiges anfangen, sofern auch sie zu Gott gehört. Gott und Hölle - da bäumt sich zunächst alles in uns auf. Die Bibel nennt Gott den «höchsten und endgültigen Richter». Die einen schickt der Richter in den Himmel, die andern in die Strafe.

> *Gehet hinweg von mir, ihr Verfluchten, in das ewige Feuer, das mein Vater dem Teufel und seinen Engeln bereitet hat. Denn ich war hungrig, und ihr habt mir nicht zu essen gegeben; ich war durstig, und ihr habt mich nicht getränkt; ich war fremd, und ihr habt mich nicht beherbergt; ich war krank und im Gefängnis, und ihr habt mich nicht besucht. (Mt. 25,41)*

An eine Hölle aus Feuer und Flammen glaube ich nicht. Aber auf den Richter kann und will ich nicht verzichten. So sehr, wie Gott Liebe ist, so sehr ist er auch Richter. Wäre Gott nicht Richter, könnte ich nicht Christ sein, denn Christen glauben an einen Gott der Liebe. Aber in dieser Welt gibt es nicht nur Liebe, und der Verstoss gegen die Liebe wird in diesem Leben allzu oft nicht bestraft. Wo bleibt da die göttliche Liebe? Dass mit dem Tod alles aus wäre, das könnte einigen gerade so passen. Ein Hitler kann Millionen von Juden umbringen und dann begeht er einfach Selbstmord? Schluss, aus, ruhe sanft? Dagegen wehrt sich nicht nur mein Gefühl, sondern auch mein Verstand. Und was ist mit den Opfern? Kommt das, was sie erlitten haben, nie mehr zur Sprache? Was ist mit den Flüchtlingen, die auf ihrer Flucht über das Meer ertrinken? Jenu, das ist halt so? Und die Kinder, die verhungern? Pech gehabt?

Ich kann nur an den Gott der Liebe glauben, wenn nach dem Tod noch etwas kommt, die Umarmung oder die Strafe.

Viktor Frankl, der Begründer der Logotherapie, ist ein Auschwitzüberlebender. Er war im KZ dauernd mit Leben und Sterben konfrontiert. Für ihn ist die Sanduhr ein Gleichnis für Leben und Sterben und Ewigkeit. Die Sanduhr hat zwei grosse

Bereiche, ein Oben und ein Unten, beide verbunden durch einen schmalen Schlitz, durch welchen die Sandkörnchen rieseln. Das Oben ist die Zukunft, das Unten die Vergangenheit, der kleine Schlitz die Gegenwart. Die Zukunft, die wir nicht kennen, vergegenwärtigt sich in der kurzen Gegenwart und sinkt dann in die Vergangenheit, die wir sehr wohl kennen.

Hölle - um dieses Wort wenigstens kurz wieder zu gebrauchen - wäre im Sanduhrgleichnis das Stecken-Bleiben in dem, was wir aus uns gemacht haben. In sich selber stecken zu bleiben wäre für viele genauso schlimm wie Flammen. Ewig? Hoffentlich nicht.

Nick Vujicic ist ein Australier serbischer Herkunft. Er ist ohne Arme und Beine auf die Welt gekommen. Ich habe ihn am Fernsehen gesehen und gehört. Nick ist ein Mensch, der mit Gott zutiefst verbunden ist. Er ist überzeugt, dass er nach seinem Tod Arme und Beine haben wird. Er hält sich an das Wort:

> *Denn die schnell vorübergehende Last unserer Trübsal schafft uns nach überreichem Masse zu überreichem Ertrag ein ewiges Gewicht an Herrlichkeit, da wir nicht schauen auf das Sichtbare, sondern auf das Unsichtbare. Denn das Sichtbare ist zeitlich, das Unsichtbare aber ist ewig. (2. Kor. 4,16-18)*

Nick wird Arme und Beine haben. Sogar mehr als blosse Wiederherstellung. Das, was ihm in diesem Leben fehlt, wird auf ganz besondere Weise zur Herrlichkeit werden, so wie ja auch das Kreuz, an dem Christus starb, durch die Auferstehung zur herrlichsten alle Herrlichkeiten geworden ist. Wir sollen und dürfen uns nach dieser Herrlichkeit sehnen. Das tut auch der Apostel Paulus.

> *Es wird mir von zwei Dingen hart zugesetzt, indem ich Lust habe, abzuscheiden und bei Christus zu sein; denn das wäre bei weitem das bessere, aber im Fleisch zu verbleiben ist nötiger um euretwillen. (Phil. 1,23-24)*

Wer schon einmal eine Himmelserfahrung gemacht hat, fühlt sich wie Paulus hin- und hergerissen zwischen dem Schönsten, das erst noch kommt, und dem Leben hier und jetzt. Auf dem Berg der Verklärung erging es drei Jüngern, Petrus, Johannes und Jakobus, so. Sie durften einen Blick in den Himmel werfen. Sie begegneten Mose und Elia. Am liebsten wären sie gleich im Himmel geblieben. «Herr, es ist gut, dass wir hier sind», sagte Petrus zu Jesus, «lass uns hier Hütten bauen, dir eine und Mose eine und Elia eine», denn er wusste nicht, was er sagte.» (Mk. 9,2ff.)

Menschen mit Himmelserfahrungen möchte am liebsten im Himmel bleiben - Hütten bauen. Aber auf uns wartet Arbeit. Also herabsteigen vom Himmel, herabsteigen vom Berg der Verklärung. Der Himmel soll Motivation sein, hier und jetzt in dieser Welt ein Stück Reich Gottes zu verwirklichen. Doch die himmlische Motivation ist in den europäischen Kirchen selten geworden. Der katholische Theologe Hans Urs von Balthasar kritisiert diesen Zustand als eschatologische Reduktion. Eschatologie ist die Lehre von den letzten Dingen. Hans-Urs von Balthasar schreibt: Die Frage nach einem Leben nach dem Tod ist in der Kirche wie eine Tür mit der Inschrift: Wegen Renovation geschlossen.

Die europäischen Kirchen sind weitgehend Kirchen ohne Himmel geworden. Früher sagte die Kirche der Gesellschaft, was Glaube ist. Heute ist es in Europa genau umgekehrt. Es ist die rationalistische Gesellschaft, die der Kirche sagt, was sie verkündigen soll. Heute gilt eine Pfarrperson als guter Pfarrer oder gute Pfarrerin, wenn die säkulare Umgebung sagt: «Er oder sie glaubt so, wie wir glauben.» Das ist einer der Gründe, warum die Kirche die Herzen der Menschen nicht mehr erreicht. Die leeren Kirchen sind ein Spiegelbild der leeren Herzen, die nicht erfüllt werden.

Luther las einmal an einem Haus einen Spruch, der geradezu aus einer heutigen Trauerpredigt stammen könnte:

Ich komme und weiss nicht woher.
Ich lebe und weiss nicht wie lang.
Ich sterbe und weiss nicht wann.
Ich gehe und weiss nicht wohin.
Mich wundert, dass ich so fröhlich bin.

Luther ärgerte sich über diese Inschrift damals genauso, wie er sich auch heute über gewisse Trauerpredigten ärgern würde. Er sprach mit dem Besitzer des Hauses und formulierte den Spruch wie folgt um:

Ich komme und weiss wohl woher.
Ich lebe und Gott spricht wie lang.
Ich sterbe und Christus sagt wann.
Ich gehe und weiss wohl wohin.
Mich wundert, dass ich noch traurig bin.

Die rationalistische europäische Gesellschaft gesteht der Kirche gerade noch zu, christliche Werte zu verwirklichen, am Reich Gottes zu arbeiten, die Bergpredigt zu leben. Die Bergpredigt zu verwirklichen ist in der Tat wichtig und richtig, doch wer kann das ohne Herzensmotivation? Christen sind *Relationisten*. Christen leben *in* einer bestimmten *Relation*, in einer *Beziehung mit Gott*. Weil Gott ewig ist, ruft der Glaube an Gott geradezu nach einem Glauben an ein Leben nach dem Tod. Für den Journalisten Rolf Cantzen gehören der Glaube an Gott und der Glaube an das ewige Leben untrennbar zusammen; verschwindet der Glaube an Gott, verschwindet auch der Glaube an ein Leben *nach* dem Tod - unter Umständen sogar der Glaube an ein Leben *vor* dem Tod. Es fehlt die Motivation für ein Leben, das die Bezeichnung *Leben* mit Recht trägt. Der Dalai Lama sagt: *Der Mensch opfert seine Gesundheit, um Geld zu machen. Später opfert er sein Geld, um seine Gesundheit wieder zu erlangen. Und dann ist er so ängstlich wegen der Zukunft, dass er die Gegenwart nicht geniesst. Das Resultat ist, dass er nicht in der Gegenwart lebt; er lebt, als würde er nie sterben, und dann stirbt er und hat nie wirklich gelebt.*

Echtes Leben ist immer Beziehung, Beziehung zu den Menschen, zu den Tieren, zu der Natur, zu dem Ganzen, zu dem wir gehören. In ganz besonderer Weise ist es die Gottesbeziehung, die den Menschen Lebensmotivation verleiht.

> *Denn die da harren auf den Herrn, empfangen immer neue Kraft, dass ihnen Schwingen wachsen wie Adlern, dass sie laufen und nicht ermatten, dass sie wandeln und nicht müde werden. (Jes. 40,31)*

Ohne Motivation sind Christen wie Adler mit gestutzten Flügeln. Ein solcher Vogel wird sich nicht erheben. Es braucht Motivation. Mose erhielt seine Motivation vor dem brennenden Dornbusch. Jesus erhielt sie bei der Taufe im Jordan, als der Himmel sich öffnete und der Geist Gottes auf ihn herabschwebte. Den offenen Himmel erlebte auch Paulus, als er, wie er schreibt, in den Himmel entrückt wurde und unaussprechliche Worte hörte, die ein Mensch nicht aussprechen kann (2. Kor. 12,1ff.).

Wir brauchen dringend eine Kirche mit einem Himmel. Aber brauchen wir auch eine Kirche mit einer Hölle? Wenn wir anstatt Hölle *Richter* sagen, dann lautet die Antwort: Ja.

Kirchliche Verkündigung mit Reduktionseschatologie, also eine Kirche ohne Himmel und ohne Richter, ist ganz nah bei der Gottlosigkeit. Sie ist keine Herausforderung. Kirche dagegen, die einen Himmel hat und Himmel und Erde miteinander verbindet, hat grossartige Möglichkeiten, Menschen zu echtem Leben zu motivieren; sie hat keine Angst vor Erfahrungen, die stärker sind als der Tod. Sie kann, darf und soll auf den Berg der Verklärung rufen. Aber auf dem Berg der Verklärung soll sie keine Hütten bauen, sondern die Motivierten ins Tal senden.

> *Kirche mit einem Gott der Liebe und des Gerichts ist ein Motivationskraftwerk.*

Weitere Bücher von Marcel Dietler

Hat die Kirche noch eine Zukunft?

Wenn ja, was für eine?

ISBN-13: 9783756220984

Erscheinungsdatum: 12.07.2022

Simone und Simon

Gegenwart und Vergangenheit begegnen sich

ISBN-13: 9783755732716

Erscheinungsdatum: 06.12.2021

Der Hyänenflüsterer vom Wasserfall

ISBN-13: 9783754337158

Erscheinungsdatum: 07.09.2021

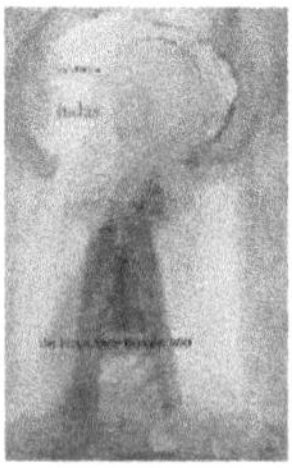

Judas

Der berühmteste Kuss der Welt

ISBN-13: 9783753424927

Erscheinungsdatum: 11.03.2021

Der zwangspensionierte Gott

Ein Blick aus der Zukunft in die Vergangenheit und Gegenwart

ISBN-13: 9783752628975

Erscheinungsdatum: 18.11.2020

Gekrönt oder gehörnt

Mit Gott und Menschen durch die Coronakrise

ISBN-13: 9783751935166

Erscheinungsdatum: 12.06.2020

Über die Bücher gehen

Ein Gespräch mit Bibel-Verächtern, Bibel-Gläubigen, Bibel-Freunden, Bibel-Neueinsteigern und Bibel-Gelangweilten

ISBN-13: 9783750482371

Erscheinungsdatum: 20.03.2020

Pilatus

Die letzten Stunden des Statthalters von Helvetien

ISBN-13: 9783750403390

Erscheinungsdatum: 16.11.2019

Ich freue mich auf meine Beerdigung

Ich werde dabei sein

ISBN-13: 9783749431427

Erscheinungsdatum: 05.04.2019

Ingram Content Group UK Ltd.
Milton Keynes UK
UKHW021413040723
424531UK00014B/537

9 783741 205033